Contes et Légendes
La Mythologie grecque

Cette édition des Contes et Légendes de la mythologie grecque
est une version adaptée pour les jeunes lecteurs d'aujourd'hui.

© Éditions Nathan (Paris-France), 1994 pour la première édition.
© Éditions Nathan (Paris-France), 2010 pour la présente édition.
Loi n°49956 du 16 juillet 1949 sur les publications destinées à la jeunesse.
ISBN 978-2-09-252790-0

CLAUDE POUZADOUX

Contes et Légendes
La Mythologie grecque

Illustrations de Frédérick Mansot

Lire à la fin du livre

ₘ Nathan

L'ASCENDANCE DE ZEUS

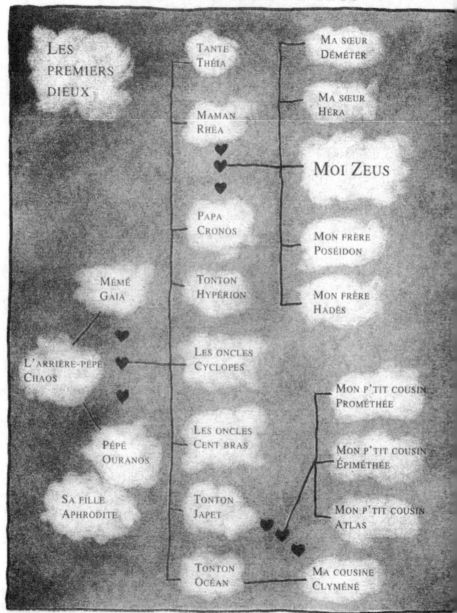

LES PREMIERS DIEUX

TANTE THÉIA

MAMAN RHÉA

PAPA CRONOS

TONTON HYPÉRION

MÉMÉ GAIA

L'ARRIÈRE-PÉPÉ CHAOS

LES ONCLES CYCLOPES

LES ONCLES CENT BRAS

PÉPÉ OURANOS

SA FILLE APHRODITE

TONTON JAPET

TONTON OCÉAN

MA SŒUR DÉMÉTER

MA SŒUR HÉRA

MOI ZEUS

MON FRÈRE POSÉIDON

MON FRÈRE HADÈS

MON P'TIT COUSIN PROMÉTHÉE

MON P'TIT COUSIN ÉPIMÉTHÉE

MON P'TIT COUSIN ATLAS

MA COUSINE CLYMÉNÉ

LA DESCENDANCE DE ZEUS

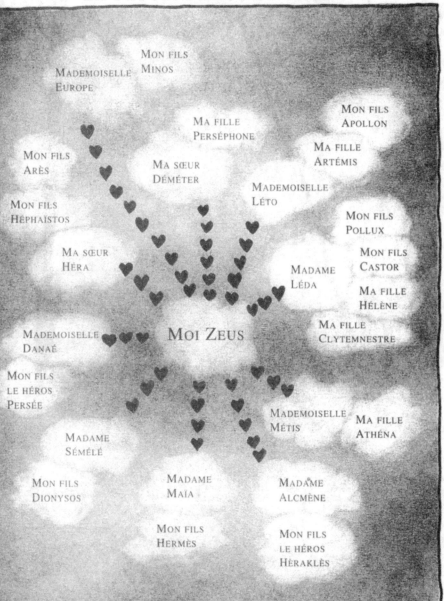

Les Légendes Divines

Ouranos et Gaia mirent au monde toute une ribambelle d'êtres étranges.

UN MONDE CHAOTIQUE 1

LA CRÉATION DU MONDE

À l'origine, rien n'avait de forme dans l'univers. Tout était confondu et on ne distinguait pas la terre du ciel ni de la mer. Cet abîme brumeux s'appelait le Chaos. Combien de temps cela dura-t-il ? On l'ignore encore !

Une puissance mystérieuse, un dieu peut-être, s'en mêla et entreprit d'y mettre de l'ordre. Il commença par rassembler de quoi façonner le disque terrestre[1], puis il le suspendit

---

1. Les Anciens pensaient que la Terre était plate, encerclée par l'océan et recouverte par la voûte du ciel.

dans le vide. Au-dessus, il creusa la voûte céleste qu'il remplit d'air et de lumière. Des plaines verdoyantes s'étalèrent alors à la surface de la terre et des montagnes rocheuses se dressèrent au-dessus des vallées. Le flot des mers vint ceinturer les rivages. Obéissant au commandement divin, les eaux pénétrèrent dans les bassins pour former des étangs, des torrents dévalèrent les pentes et des fleuves serpentèrent entre les talus.

Ainsi furent créées les parties essentielles de notre monde : elles n'attendaient plus que leurs habitants. Les astres et les dieux allaient bientôt occuper le ciel, puis, dans les fonds marins, les poissons aux luisantes écailles éliraient domicile, l'air serait réservé aux oiseaux et la terre à toutes les autres bêtes encore sauvages.

Il fallait un couple de divinités pour engendrer de nouveaux dieux. Ce furent Ouranos, le Ciel, et Gaia, la Terre, qui mirent au monde toute une ribambelle d'êtres étranges.

OURANOS ET GAIA

DE leur union naquirent d'abord six garçons et six filles, les Titans et les Titanides,
tous de nature divine, comme leurs parents.
Ils eurent à leur tour des enfants.

L'un d'entre eux, Hypérion, s'unit à sa
sœur Théia qui mit au monde Hélios, le
Soleil, et Séléné, la Lune, et aussi Éos, l'Au-
rore. Un autre, Japet, épousa Clyméné, une
fille d'Océan. Elle lui donna quatre fils, dont
Prométhée. Le plus jeune des Titans,
Cronos, allait bientôt faire parler de lui !

La descendance d'Ouranos et de Gaia ne s'arrêta pas à ces enfants. Ils conçurent encore des êtres monstrueux comme les Cyclopes, qui n'ont qu'un seul œil, tout rond, au milieu du front, et les Cent-Bras, des monstres gigantesques et violents. Les malheureux vivaient dans le Tartare, une région profondément enfouie sous la terre. Aucun d'eux ne pouvait voir le jour, car leur père les empêchait de sortir.

Gaia, leur mère, voulut les délivrer. Elle fit appel à ses premiers fils, les Titans, mais ils refusèrent tous, sauf Cronos. Tous deux conçurent un plan qui devait mettre fin au pouvoir tyrannique d'Ouranos.

Une nuit, guidé par sa mère, Cronos entra dans la chambre de ses parents. Il y faisait très sombre, mais un rayon de lune lui permit d'apercevoir son père qui ronflait comme un bienheureux. D'un coup de serpe, il lui coupa les bourses. Ouranos, mutilé, hurla de rage, tandis que Gaia exultait. Cet attentat mettait

fin à une autorité qu'elle était fatiguée de supporter et leur descendance inutile s'arrêtait là, enfin... presque ! Quelques gouttes de sang s'écoulèrent de la blessure sur la terre et la fécondèrent. Elle donna alors naissance à des démons, les Érinyes[1], à d'autres monstres, les Géants et à des nymphes[2], les Méliades.

---

1. Les Érinyes sont des divinités infernales. Avec leur corps ailé, leur chevelure de serpents, munies de torches et de fouets, elles tourmentent leurs victimes et les frappent de folie.

2. Les nymphes sont des déesses qui vivent dans les bois, les montagnes, les rivières, ou encore dans la mer.

III

CRONOS

VAINQUEUR d'Ouranos, son père, Cronos devint le maître tout-puissant de l'univers. Au lieu d'en faire profiter ses proches, en délivrant ses frères, il préféra régner seul et les laissa enfermés dans les profondeurs de la terre. Sa mère, en colère, lui prédit sa fin :

– Toi aussi, mon enfant, tu seras chassé du trône par l'un de tes fils !

Craignant que cette prophétie ne se réalise, Cronos trouva alors, comme son père, un moyen d'éliminer les enfants que lui donnait

son épouse Rhéa. Chaque fois qu'il en naissait un, il le dévorait. C'est ainsi qu'il engendra puis absorba cinq nouveau-nés.

Leur mère, désespérée, alla trouver Gaia :

– Chère aïeule, j'ai besoin de ton aide. Ton fils fait disparaître tous les enfants que je porte. Un sixième vient de naître. C'est un garçon. Aide-moi à le sauver !

– Tu dois être plus rusée que lui, ma fille, lui répondit malicieusement Gaia. Emmaillote une pierre dans un linge et donne-lui le tout à la place du bébé. Il ne se méfiera pas et l'avalera tout rond, comme les autres !

La prophétie de Gaia ne tarderait donc pas à s'accomplir : le bébé qu'elles venaient de sauver, c'était Zeus ! Le jeune dieu ravirait bientôt à son père le pouvoir absolu sur le monde...

IV

LE COMBAT DE ZEUS

ET LE PARTAGE DU MONDE

L'ENFANT fut élevé en cachette dans une grotte, sur l'île de Crète. Rhéa avait eu l'idée de confier son éducation aux Curètes, des démons qui avaient coutume de danser en entrechoquant leurs armes. En effet, Rhéa, soucieuse de protéger son fils, comptait sur le fracas du bronze pour recouvrir les vagissements du bébé. Entouré des nymphes du pays, l'enfant grandit, nourri du lait de la chèvre

Zeus songea à détrôner son père. Amalthée et du miel que lui fournissaient les abeilles du mont Ida. Cette enfance secrète se déroula harmonieusement sans que Cronos découvrît l'existence de son sixième fils.

Devenu grand, Zeus songea à détrôner son père, mais il ne pouvait y parvenir tout seul. Il eut alors l'idée de lui faire avaler un breuvage pour l'obliger à recracher les enfants qu'il avait absorbés. L'effet fut foudroyant ! Ses frères libérés, Zeus put alors se lancer avec eux dans un dur combat contre Cronos et les Titans.

Après dix ans de lutte, la guerre se poursuivait toujours. Gaia décida de favoriser le camp de Zeus en lui révélant le contenu d'une ancienne prophétie : « Tu ne pourras jamais venir à bout de l'armée de ton père sans l'aide des Cyclopes et des autres géants. Descends dans les profondeurs du Tartare où ils sont enfermés. Délivre-les et ils te donneront le tonnerre, l'éclair et la foudre ! »

Zeus suivit ses conseils et fort de la puissance des Cyclopes, des Cent-Bras et des Géants, il réussit à vaincre son père.

Comme il avait gagné grâce à ses frères, Hadès et Poséidon, Zeus partagea avec eux l'empire sur le monde.

L'univers était divisé en trois régions : le ciel étoilé et la terre étaient la première, l'océan qui l'entoure, la deuxième, et venaient enfin les parties souterraines. Le sort fixa à chacun un royaume. Zeus reçut la partie lumineuse et terrestre. Ses armes symbolisaient les forces célestes. À Hadès échut la part souterraine où vont les morts. Il fut appelé à régner aux Enfers[1] sur le peuple des Ombres. Poséidon enfin établit son pouvoir sur tous les éléments liquides, les mers et les fleuves qui sillonnent la terre.

---

1. Les Enfers représentent l'ensemble du monde souterrain et non pas seulement l'endroit où les damnés expient leurs fautes.

*Il surgissait
des flots
en brandissant
son trident.*

V

POSÉIDON

Le palais du dieu marin étincelait d'or dans les eaux profondes et calmes d'une île. Poséidon y vivait en compagnie de la reine Amphitrite. Il quittait parfois les fonds sablonneux : la mer s'ouvrait alors pour laisser passer son char. On voyait à ses côtés les nymphes et les monstres bondir d'allégresse.

Ses déplacements n'étaient pas toujours de bon augure. Le dieu était assez irritable. Au plus fort de ses colères, il surgissait des flots en brandissant son trident. Il pouvait déchaîner des tempêtes et gonfler les eaux des fleuves qui alors quittaient leur lit. Il savait aussi ébranler le sol et susciter des tremblements de terre. C'est pourquoi les hommes le craignaient et prenaient soin de lui offrir de splendides sacrifices avant d'entreprendre un voyage en mer.

LE DERNIER COMBAT

Sur terre, la lutte n'était pas terminée. Pour devenir définitivement le souverain des dieux et des hommes, Zeus devait encore combattre un démon redoutable, Typhon. Cet être monstrueux était le plus jeune fils de Gaia.

À son approche, tout le monde fuyait, et les dieux eux-mêmes redoutaient d'affronter ce monstre. Sa force inépuisable, sa taille gigantesque et sa laideur l'emportaient sur celles des autres fils de Gaia. Au bout de ses

bras immenses s'agitaient des têtes de dragons à la langue noire. Chacune d'entre elles
jetait des lueurs de feu par les yeux et pous-
sait des cris de bête sauvage.

Zeus les entendit gémir, hurler et rugir tour
à tour. Il se prépara à combattre et saisit ses
armes. Le choc fut terrible : la terre trembla,
le ciel s'embrasa et la mer se dressa en une
vague bouillonnante. Entre les crocs des dragons jaillissait un feu que détournaient les
éclairs divins. Soudain, rassemblant toutes

ses forces, Zeus lança un trait[1] puissant de sa foudre qui enflamma d'un seul coup les multiples têtes de dragon. En un brasier gigantesque, le monstre se consuma, brûlant sans répit la végétation à l'entour. Alors, enfin victorieux, le maître suprême du tonnerre le précipita au fond du Tartare.

Désormais Zeus pouvait régner. Il regagna sa demeure au sommet du mont Olympe.

---

1. Trait, *n. m.* : projectile que l'on lance à la main ou à l'aide d'une arme. Ce mot désigne aussi l'action d'envoyer un projectile.

Dissimulé par d'épais nuages, le palais du souverain des cieux s'y dressait, majestueux. Les dieux se retrouvaient souvent dans la grande salle de marbre pour de joyeux banquets où ils se délectaient de doux nectar et d'ambroisie. Ils aimaient les fêtes et l'Olympe résonnait parfois de leurs rires et de leurs chants. Assis sur un trône d'or et d'ivoire, Zeus dominait les dieux et le monde d'en bas. Avec sa foudre, il pouvait bouleverser le ciel et, d'un mouvement de tête, ébranler la terre. On craignait sa puissance, mais on respectait sa justice.

Cette victoire marqua le début d'une ère nouvelle où naquirent les Mortels[1]. Ceux du temps de Cronos, eux, étaient différents.

---

1. Mortel, *n. m.* : on appelle ainsi les hommes, par opposition aux dieux qui, eux, sont immortels.

L'ÂGE D'OR

CRONOS n'était pas seulement un dieu violent et jaloux de son pouvoir. Il présidait à une race d'hommes auxquels les dieux avaient donné une existence douce et paisible, semblable à la leur. Comme eux, ils ne vieillissaient pas et ne connaissaient ni la fatigue ni les douleurs. Pour se nourrir, ils n'avaient pas besoin de travailler, car la terre produisait toute l'année, sans être cultivée, des fruits en abondance. Sans effort donc, ils cueillaient dans les buissons des baies sucrées. Il leur suffisait de se baisser pour ramasser des fraises savoureuses que la nature leur offrait. Les vêtements leur étaient inutiles car ils ne connaissaient qu'une seule saison, le printemps.

Cette vie tranquille était rythmée par des fêtes où s'épanouissaient des relations d'amitié et de bienveillance mutuelle. On appelait cette époque l'âge d'or car elle tenait de l'or sa pureté, sa richesse et son éternité. Cette race finit pourtant par s'éteindre et une autre lui succéda.

VIII

PROMÉTHÉE ET LES PREMIERS HOMMES

L ES dieux créèrent ensuite les êtres vivants en les façonnant avec de la terre glaise. Sans s'en rendre compte, ils avantagèrent les animaux aux dépens des humains. Les premiers, en effet, reçurent les qualités physiques qui leur permettaient de s'adapter parfaitement au milieu naturel. Les uns, comme les ours, obtinrent la force ; d'autres, plus petits, comme les oiseaux, eurent des ailes pour s'enfuir. Le partage paraissait équitable et les qualités s'équilibraient entre les

diverses espèces. L'une d'elles, cependant, avait été oubliée : l'espèce humaine. Avec leur seule peau, les hommes ne pouvaient supporter le froid et leurs bras nus n'étaient pas assez robustes pour combattre les bêtes sauvages. La race humaine était menacée de disparition...

À ce spectacle, Prométhée, le fils du Titan Japet, se prit de pitié pour les faibles mortels. Il savait que leur intelligence leur permettrait de se fabriquer des armes et de se construire des abris s'ils en avaient les moyens, mais pour cela il leur manquait un élément essentiel : le feu. Grâce à lui, ils pourraient durcir les pointes de leurs lances, afin de les rendre plus résistantes, et se réchauffer dans leur foyer.

Or, les dieux conservaient jalousement la précieuse flamme. Prométhée dut se faufiler discrètement dans la forge d'Héphaïstos, le dieu du feu, pour dérober la lueur qu'il porta chez les hommes en la dissimulant dans le creux d'une racine.

Ce vol ne fut pas longtemps ignoré de Zeus. Dès qu'il aperçut l'éclat d'une flamme chez les mortels, le puissant souverain laissa éclater sa colère. Il fit aussitôt le serment de se venger des hommes et de leur bienfaiteur, Prométhée.

Répondant à une ruse par une autre, il eut l'idée de fabriquer une créature d'un charme irrésistible qui causerait le malheur des humains. Ainsi conçut-il avec de l'argile la première femme, qu'il appela Pandora. Il bénéficia de l'aide d'Héphaïstos qui la para des bijoux les plus délicats, et de celle d'Athéna qui la vêtit d'un léger voile retenu, à la taille, par une ceinture artistement ouvragée.

Quand elle fut prête, Zeus l'envoya chez Épiméthée, le propre frère de Prométhée. Il connaissait sa naïveté et son imprudence. Ne pouvant résister à l'attrait d'une si belle personne, Épiméthée oublia que son frère l'avait mis en garde contre les présents de Zeus. Il l'accueillit dans sa maison et l'y installa.

Pandora avait apporté avec elle une boîte qu'elle ne devait ouvrir sous aucun prétexte. Zeus le lui avait expressément recommandé en la lui donnant. C'était encore une ruse, car il savait bien que la jeune femme essaierait d'en connaître un jour le contenu. .

Elle finit par ouvrir le coffret.

Poussée par la curiosité, elle finit par ouvrir le coffret... Aussitôt, un vent de malheurs en sortit précipitamment ! Effrayée, Pandora vit passer le visage grimaçant de la cruauté et le sourire malin de la tromperie. Elle entendit hurler les plaintes des miséreux et des souffrants. D'autres malheurs commençaient ainsi à se répandre dans le vaste monde. Quand elle découvrit sa tragique erreur, Pandora referma rapidement le couvercle. Seulement, l'Espoir et toutes les promesses de bonheur pour les hommes restèrent à jamais enfermés dans la boîte.

Rien n'était dû au hasard et la première étape de la redoutable vengeance de Zeus venait de se réaliser.

Le deuxième châtiment, plus cruel, allait frapper Prométhée. À l'aide de liens inextricables[1] qui lui entravaient douloureusement les bras et les jambes, Zeus le fit attacher à un rocher. Ainsi exposé, sans pouvoir se défendre, Prométhée subissait chaque jour les assauts d'un aigle qui venait lui dévorer le foie. Et chaque jour, pour son supplice, son foie se reformait. En échange d'un bienfait Prométhée reçut donc un terrible châtiment.

Quant aux hommes, ils apprirent malgré eux qu'un bien pouvait être accompagné d'un malheur.

---

1. Inextricable, *adj.* : qu'on ne peut démêler, dénouer.

LES DIEUX
DE L'OLYMPE

2

I

LES AMOURS DE ZEUS

LE roi des dieux ne s'occupait pas seulement de faire le malheur des hommes. Il essayait aussi de faire le bonheur des mortelles, surtout de celles qui lui plaisaient... et elles furent nombreuses !

Bien qu'il fût marié avec la déesse Héra, Zeus eut beaucoup d'aventures amoureuses. Son épouse légitime était fort jalouse et n'appréciait guère les escapades de son époux. Quand elle apprenait qu'il était allé rendre visite à une mortelle, elle devenait

folle de rage. Sa colère ne s'apaisait que lorsqu'elle s'était vengée de cette femme ou des enfants qu'elle avait eus du dieu. Aussi avait-elle Zeus à l'œil, mais lui mettait tout en œuvre pour échapper à sa surveillance.

Il aimait prendre l'apparence d'un animal pour vaincre la méfiance de ses belles victimes. Il usa de cette ruse pour approcher la belle Léda. La jeune femme venait d'épouser Tyndare, le roi de Lacédémone. Zeus se transforma en cygne et, comme s'il était poursuivi par un aigle, il se réfugia auprès de la jeune reine qui l'accueillit entre ses bras. Profitant de cette tendre protection, il s'unit à elle et lui laissa deux œufs d'une taille inhabituelle. L'un donna naissance à deux jumeaux, Castor et Pollux. L'autre vit naître deux sœurs, Clytemnestre et Hélène. Cette union resta secrète et Tyndare crut qu'il venait de donner quatre enfants à sa jeune épouse.

Les enfants nés des unions passagères de
Zeus et des mortelles eurent un destin particulier. Certains obtinrent un grand pouvoir,
comme Minos, qui devint l'un des trois
juges des Enfers.

Sa mère était humaine, elle s'appelait
Europe. Zeus avait aperçu la jeune fille alors
qu'elle jouait à la balle avec ses compagnes
au bord de la mer. Frappé par la délicatesse
de sa silhouette et la pureté de ses traits, il ne
put résister au désir de mieux la connaître.

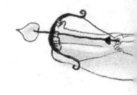

De jeunes taureaux broutaient l'herbe non
loin d'elles. Il se mêla au troupeau sous la
forme d'un taureau plus beau encore que les
autres, remarquable par la blancheur de son
pelage et la vigueur de ses muscles.

Europe fut touchée par la splendeur de
l'animal et la douceur de son regard.
Nullement effrayée par sa taille, elle s'en
approcha, le caressa longuement et,
confiante, s'assit sur son dos. À ce moment,
le dieu l'enleva sous l'œil impuissant des

jeunes filles et l'emporta par-dessus les flots. Le couple disparut à l'horizon. On raconte que Zeus avait emmené Europe en Crète où elle donna naissance à Minos.

Quand il était sur terre, Zeus ne se montrait jamais sous sa forme divine. Une fois seulement, il manqua à cette règle.

Il avait séduit Sémélé, la fille de Cadmos, roi de Thèbes. La jeune femme ne le rencontrait que la nuit et ne connaissait donc pas l'apparence de son amant. Elle savait que c'était un dieu. Zeus le lui avait chuchoté plus d'une fois ! De son côté, Héra, jalouse de voir son époux divin de nouveau épris d'une mortelle, tendit un piège à sa rivale.

Elle vint trouver Sémélé sous les traits d'une vieille femme :

– Demande-lui, mon enfant, comme gage d'amour, de se montrer tel qu'il est dans les cieux aux côtés de son épouse. Tu seras certaine, ainsi, de ne pas avoir été abusée par un charlatan.

Ces propos firent naître le doute dans le cœur de la jeune femme. Elle voulut voir son amant et le pria de lui accorder une faveur, sans lui préciser laquelle. Le dieu acquiesça mais, quand il connut l'objet de sa requête, il était trop tard : il avait donné sa parole. Il essaya alors de décourager la jeune femme. En vain ! Plus il tentait de la persuader, plus elle insistait.

Contraint de s'exécuter, il se révéla dans toute sa puissance, resplendissant d'éclairs. Or, ni les yeux ni le corps d'une mortelle n'étaient capables de supporter l'éclat d'une lumière si vive et la malheureuse n'eut que le temps de l'apercevoir avant de périr aussitôt, foudroyée !

Zeus s'empressa d'arracher l'enfant qu'elle portait dans son sein. Le bébé, qui n'en était qu'au sixième mois, était à peine formé. Pour mener la gestation à son terme, son père ouvrit, au creux de sa cuisse, une poche dans laquelle il plaça l'enfant. Puis il

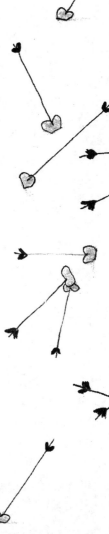

la ferma à l'aide d'agrafes en or. Quand le temps fixé par la destinée parvint à son terme, Zeus mit au jour Dionysos. Bien que né d'une mère mortelle, l'enfant, par son père, était immortel.

II

DIONYSOS

Il ne fut pas facile de soustraire le jeune dieu à la fureur jalouse d'Héra. Sans relâche, elle le traquait pour se venger sur lui des infidélités de son mari.

Zeus confia Dionysos encore bébé au dieu Hermès. Celui-ci le remit au roi Athamas et à son épouse Ino afin qu'il reçoive une éducation digne de sa condition. Sur les conseils d'Hermès, sa nourrice habillait Dionysos en fille pour tromper Héra. Mais la déesse ne resta pas longtemps abusée et, dès qu'elle eut découvert la supercherie, elle frappa de folie ceux qui avaient accueilli le dieu.

Zeus eut juste le temps d'emporter le bébé. Cette fois, il l'envoya à Nysa, une ville lointaine, située en Afrique d'après certains, en Asie selon d'autres. L'enfant fut élevé dans la montagne par les nymphes du pays. Son père le mit à l'abri en lui donnant l'apparence d'un chevreau. Il devait en garder ensuite deux petites cornes sur le front.

Au cours de cette enfance sur les pentes montagneuses, Dionysos découvrit la vigne et apprit à en extraire le vin. Dès lors, il ne cessa de célébrer les qualités de ce liquide précieux. Dans les fêtes que l'on donnait en son honneur, le vin coulait à flots. L'ivresse n'engendrait pas seulement la gaieté, mais aussi des crises de fureur et les fidèles du dieu ne tarderaient pas à s'en apercevoir...

Devenu adulte, le dieu quitta la ville de son enfance. Il emmena avec lui tout un cortège

Dionysos découvrit la vigne.

de fidèles, les Satyres et les Bacchantes.
Vêtus de peaux de bêtes et armés de bâtons
ornés de lierre, ils dansaient et chantaient au
son des tambourins et des flûtes. Leur allure
sauvage provoquait souvent l'effroi sur leur
passage ! Avec eux Dionysos traversa
l'Égypte et l'Inde avant de revenir en Grèce.
Là, il se rendit à Thèbes où vivaient encore
les sœurs de sa mère. Elles n'avaient pas cru,
semblait-il, à l'union de Sémélé avec Zeus et
remettaient donc en cause la nature divine de
Dionysos. Il était bien décidé à leur prouver
le contraire...

Dionysos entra dans la ville déguisé en
prêtre. Ses fidèles se répandirent aussitôt à
travers les rues et les places pour inciter les
habitants à s'adonner au nouveau culte venu
d'Orient :

— Venez nous rejoindre dans la montagne.
Le vin, le lait et le miel y coulent à flots.
Abandonnez les métiers à tisser, quittez vos
vieux habits ! Nous vous couronnerons de

Venez dans la montagne. Le vin, le lait et le miel y coulent à flots.

Dionysos traversa l'Égypte et l'Inde avant de revenir en Grèce.

lierre, nous ceindrons vos reins de la peau de bête et vous donnerons le thyrse[1]. Oï Bacchoï[2] !

Leurs danses débridées inquiétèrent le roi Penthée. Il craignait que cette troupe de possédés ne sème le désordre dans sa cité. Il ordonna l'arrestation du prêtre et interdit la célébration du culte. Quelques-uns furent jetés en prison, tandis que la plupart s'échappaient dans la montagne du Cithéron, accompagnés de femmes thébaines séduites par ces pratiques. Parmi elles se trouvait la propre mère du roi, Agavé, devenue une Bacchante.

Le dieu feignit de se réconcilier avec le roi et lui proposa d'aller dans la montagne pour épier les agissements des femmes. Surprises par cet intrus qu'elles ne reconnurent pas, les

---

1. Thyrse, *n. m.* : bâton entouré de lierre et surmonté d'une pomme de pin que les fidèles levaient au-dessus de leur tête en dansant.

2. Oï Bacchoï, *interj.* : cri poussé par les fidèles de Dionysos qu'on appelait aussi Bacchos.

Bacchantes, Agavé en tête, se jetèrent sur lui en fureur. Telles des bêtes sauvages, elles le mirent en pièces.

Penthée avait payé le prix de sa méfiance et de sa résistance. Il périt, puni d'avoir espionné des femmes entre elles, comme avait péri un de ses ancêtres, Actéon, pour avoir surpris Artémis se baignant.

III

ARTÉMIS

DÉESSE de la nature sauvage, Artémis était la sœur jumelle d'Apollon. Elle était née, comme lui, des amours de Zeus et de Léto, une mortelle. Son occupation favorite était la chasse et c'est pourquoi, du matin au soir, elle parcourait les vallons et les forêts sur un char tiré par deux cerfs. Elle se plaisait ainsi à vivre dans les lieux sauvages à l'écart des villes et des hommes, avec pour seule compagnie des femmes chasseresses qui avaient toutes fait vœu de chasteté.

Un jour, revenant d'une chasse fructueuse, Artémis se préparait à baigner son corps fatigué dans l'eau claire d'une source. Ses compagnes venaient de lui ôter ses armes, ses sandales et sa tunique, quand soudain apparut un jeune chasseur, du nom d'Actéon. Il fut aussi stupéfait que la déesse et s'arrêta, subjugué par le spectacle.

Artémis n'avait plus ses armes, elle ne pouvait donc pas réagir ! D'un geste rapide, elle voila sa nudité et aspergea d'eau la tête du chasseur, tout en lui jetant un sort. Aussitôt des cornes pointèrent sur le front du malheureux ; ses pieds se prolongèrent en sabots et son corps se couvrit du pelage d'un cerf. Il voulut crier. Mais sa voix n'était déjà plus celle d'un homme ! Il s'enfuit. Ses propres chiens s'élancèrent, lui plantèrent les crocs dans le corps et dépecèrent leur maître sans le reconnaître.

La déesse s'était montrée cruelle car elle n'avait pas supporté l'idée d'être vue nue

par un homme, mais elle savait être aussi
une déesse secourable et offrir sa protection,
en particulier aux femmes enceintes. Dès
son plus jeune âge, en effet, elle s'était révélée habile dans l'art d'accoucher. À peine
sortie du ventre de sa mère Léto, elle lui était
venue en aide pour la naissance de son frère
jumeau, Apollon.

IV

APOLLON ET POSÉIDON

LA pauvre Léto eut toutes les peines à mettre au monde les deux enfants qu'elle attendait de Zeus. Nouvelle conquête du souverain des cieux, elle endura aussi la rancune tenace de son épouse Héra !

Alors qu'elle était sur le point d'accoucher, la déesse, jalouse, interdit à tous les lieux de la terre de l'accueillir. Les montagnes, les plaines, les fleuves, la nature entière craignaient d'affronter la colère divine et se dérobaient à l'approche de la jeune femme.

Léto était à bout de forces quand une petite île, sans tenir compte des menaces d'Héra, lui offrit l'hospitalité et le repos tant attendu. Délos, pauvre rocher désert, battu par les vents et par les flots, n'avait rien à perdre ! Ce fut donc sur ce petit bout de caillou, au pied de l'unique palmier de l'île, que deux nouveaux dieux virent le jour.

La naissance d'Apollon fut annoncée par un signal prodigieux : sept cygnes sacrés tournèrent sept fois autour de Délos ; sept fois ils chantèrent pour l'accouchée. Au huitième tour soudain ils se turent et le nouveau-né sortit du sein maternel. Dès lors, ces oiseaux mélodieux devinrent les animaux fétiches d'Apollon et Délos, son site favori.

L'enfant grandit chez les Hyperboréens chez qui les cygnes l'avaient emmené à sa naissance. Ce peuple habitait un pays lointain, tout au nord de l'Océan, et vivait sous un ciel toujours pur. Quand il fut grand, le dieu vint en Grèce.

À peine arrivé à Delphes où il voulait fonder un sanctuaire[1], il apprit qu'un dragon, du nom de Python, gardait l'endroit et semait la terreur en massacrant hommes et bêtes. Il délivra le pays du monstre et fut célébré comme un sauveur par les habitants du lieu qui l'adoptèrent aussitôt. Ils lui édifièrent un temple colossal où Apollon installa sa prêtresse, la Pythie. Celle-ci était chargée de faire entendre les paroles que le dieu lui soufflait. Un devin expliquait ensuite l'oracle[2] à ceux qui venaient de toute la Grèce pour connaître leur destin ou pour trouver une solution à une situation embarrassante.

Apollon n'était pas seulement aimé pour ses bienfaits, on appréciait aussi sa grande beauté. Il avait les traits délicats d'une femme

Un dragon gardait l'endroit et semait la terreur.

---

1. Sanctuaire, *n. m.* : espace sacré, généralement clos, où se trouve le temple d'un dieu et où l'on célèbre les cérémonies religieuses en son honneur.

2. Oracle, *n. m.* : réponse que fait le dieu à ceux qui viennent l'interroger.

et la musculature élancée d'un athlète. Son teint pâle ressortait sous les boucles de sa chevelure sombre. Il charmait autant les jeunes filles que les jeunes hommes, mais connut, malgré tout, des amours malheureuses.

La nymphe Daphné, fille du fleuve Pénée, embrasa la première son cœur. Cette passion soudaine lui avait été inspirée par Éros, le dieu de l'amour, qui cherchait à se venger d'Apollon. Celui-ci l'avait en effet surpris un jour en train de tendre la corde de son arc. Riant de voir l'enfant jouer avec ses armes, il les lui avait retirées en prétendant qu'elles étaient réservées à des dieux plus puissants. Éros eut alors ces mots mystérieux :

Éros cherchait à se venger.

– Tes flèches ne sont pas les seules à blesser leur victime.

Au dieu il décocha un trait qui fit naître l'amour, à la nymphe, un autre, qui engendra un sentiment contraire. Elle refusa aussitôt les avances d'Apollon et s'enfuit devant le dieu qui se lança à ses trousses. Dès qu'il croyait l'approcher, la nymphe se dérobait, et la course reprenait de plus belle ! Bientôt épuisée, craignant de ne plus avoir la force d'échapper à son poursuivant, Daphné supplia son père de lui venir en aide. Pénée entendit l'appel désespéré de sa fille et lui donna aussitôt une autre apparence. Au moment où il allait enfin l'étreindre, Apollon rencontra le tronc rugueux d'un arbre et mêla ses boucles brunes aux feuilles sombres d'un laurier : la jeune fille avait perdu à jamais sa forme humaine. Alors, le cœur brisé, Apollon jura de chérir éternellement cet arbre. Il se fit une couronne de son feuillage et en coiffa sa chevelure. C'est ainsi que le laurier devint l'emblème d'Apollon.

Le laurier devint l'emblème d'Apollon.

À deux reprises, Apollon dut se mettre au service d'un mortel. Avec d'autres dieux, il avait conspiré contre Zeus, mais le complot avait échoué. Pour expier leur faute, Zeus envoya Apollon et Poséidon comme esclaves chez

La jeune fille avait perdu sa forme humaine.

Laomédon, le roi de Troie. Or, ce dernier avait besoin de main-d'œuvre, car il voulait faire bâtir une épaisse muraille autour de sa ville.

Trop content d'avoir des ouvriers de cette valeur, il chargea Poséidon de cette corvée. Un salaire fixé à l'avance devait venir récompenser cet ouvrage. Le dieu des mers troqua donc son fameux trident contre une truelle et travailla, comme un esclave, à la construction de la citadelle. Bâtie par un dieu, elle resterait imprenable tant qu'un autre dieu n'aiderait pas à la renverser.

Pendant ce temps, Apollon s'occupait à une autre tâche. Sur les flancs boisés de l'Ida, il gardait les troupeaux du roi. Les rêveries dans les pâturages correspondaient mieux à son tempérament.

Une fois le travail accompli et leur faute expiée, les deux divinités vinrent auprès du roi pour réclamer leur salaire. Mais, ne respectant pas son engagement, Laomédon refusa de les payer. Les dieux, furieux, protestèrent, mais le roi les menaça de leur couper les oreilles et de les vendre comme esclaves ! Ils ne purent réagir aussitôt car ils avaient laissé au ciel leur pouvoir divin. Ils partirent donc en lui jurant qu'ils se vengeraient. De retour sur l'Olympe, Apollon retrouva sa puissance et envoya la peste ravager la ville.

V

HERMÈS

QUAND Apollon était encore berger, son jeune frère Hermès lui joua un mauvais tour. Profitant de la négligence d'Apollon qui rêvait au lieu de surveiller son troupeau, il lui déroba son bétail.

Apollon était loin de soupçonner un mauvais tour de ce gamin qu'il croyait encore au berceau. C'était pourtant bien lui qui, à cette heure, menait le troupeau à travers plaines et vallons jusqu'à un bois touffu de Pylos. Là, il fit reposer les bêtes et les tint cachées dans une grotte. Puis il retourna auprès de sa mère Maia, un sourire malicieux aux lèvres.

De son côté, Apollon avait fini par retrouver la trace de son troupeau. Le vol des oiseaux, qu'il savait interpréter, l'avait aidé à découvrir la cachette. Ses dons de devin lui apprirent aussi quel était l'auteur du larcin :

– Méchant gamin, lui dit-il, tu as de la chance d'être dans les langes. Sinon, je t'aurais bien donné une bonne fessée !

La colère d'Apollon s'apaisa cependant quand il entendit les sons mélodieux que l'enfant tirait d'un instrument inconnu. Hermès, tout content, le lui offrit :

– Tiens, il est à toi. C'est une lyre que je viens d'inventer. En pinçant les cordes fixées à chaque extrémité de cette carapace de tortue, tu obtiendras les sons cristallins qui accompagneront tes chants.

Oubliant les raisons de sa mauvaise humeur, Apollon proposa même à Hermès de lui échanger son troupeau contre l'instrument. Le marché conclu entre les deux frères scella leur réconciliation.

Par sa malice et son ingéniosité, Hermès faisait preuve d'une précocité exceptionnelle. Toujours curieux, le jeune dieu ne se borna pas à cette seule trouvaille. Il eut l'idée de lier entre eux des roseaux de longueur inégale. L'instrument confectionné, il le tint à la hauteur des lèvres et souffla délicatement dans chaque orifice. Et voilà comment on invente une flûte !

Apollon fut charmé par cette nouvelle invention et voulut aussitôt l'acquérir. En échange, il offrit à son jeune frère la houlette en or dont il se servait pour garder les troupeaux. Ce bâton devint le caducée, symbole d'Hermès.

Heureux de l'habileté qu'il manifestait en toute occasion, son père, le puissant Zeus, en fit son messager. Il passait la plupart de son temps à parcourir le monde et portait, à cet effet, des sandales ailées pour se déplacer

plus rapidement. Ses voyages le menaient parfois très loin, jusqu'au royaume souterrain où il accompagnait les défunts.

VI

HADÈS ET SON ROYAUME

À la limite de la terre, là où se couche le soleil et où commence l'Océan, s'ouvrait l'empire des morts, sur lequel régnait le tout-puissant Hadès.

Le monde souterrain était cerné de tous côtés par des marais et des rivières. Les ombres des défunts devaient donc passer les eaux bourbeuses du Styx et de l'Achéron pour entrer définitivement chez Hadès. Le passeur Charon les attendait sur la rive et n'acceptait à bord de sa barque que les défunts qui avaient reçu une sépulture. Les autres, ceux qu'on n'avait pas retrouvés ou qu'on avait abandonnés, étaient condamnés à errer éternellement à l'entrée des Enfers, en attendant qu'un vivant veuille bien enterrer leur cadavre.

Ceux qui embarquaient devaient encore payer Charon. C'est pourquoi, en prévision de ce droit de passage, on plaçait une pièce entre les dents du mort au cours des funérailles.

En s'embarquant, les défunts quittaient définitivement le monde des vivants. Quiconque avait fait le voyage dans un sens ne pouvait plus jamais retourner en arrière ni revoir le jour. Cerbère, le chien à trois têtes, y veillait. Posté aux portes du royaume, il accueillait avec bienveillance les passagers de Charon. Mais si quelqu'un tentait de franchir les portes dans l'autre sens, il se montrait un gardien farouche. Or, plus d'un défunt aspirait à la lumière dès qu'il débarquait dans

*Le passeur
Charon
les attendait.*

Cet endroit était lugubre !

la morne plaine des Asphodèles. Des arbres sombres balayaient tristement le sol de leurs branches. Cet endroit était lugubre !

Les morts étaient jugés selon leur vie passée et, en fonction de leurs fautes, étaient placés dans différents lieux. Minos, Éaque et Rhadamante examinaient ainsi les vies écoulées et prononçaient un jugement. Chacun d'eux avait été choisi pour sa sagesse et sa vie exemplaire.

Ceux qui n'avaient commis aucun crime, mais qui ne s'étaient signalés par aucune action vertueuse, demeuraient dans la plaine des Asphodèles, pour l'éternité.

Aux héros et aux hommes vertueux, les juges réservaient les Champs-Élysées. Là s'étendaient des clairières fleuries d'où s'élevaient des chants d'oiseaux et les accords mélodieux de la lyre. Les Bienheureux s'égayaient dans des banquets où le vin coulait à flots.

Les malheureux qui, au contraire, s'étaient rendus coupables de quelque faute en recevaient une punition éternelle. Ils étaient enfermés dans le sombre Tartare qu'encerclaient les méandres du Styx et y enduraient des supplices à la mesure de leurs forfaits.

Tantale, roi de Lydie, avait commis de son vivant un crime horrible. Recevant la visite des dieux, il leur avait servi comme repas Pélops, son propre fils, pour voir si les dieux savaient discerner la chair humaine. Une seule bouchée leur suffit à reconnaître qu'il ne s'agissait pas d'une victime animale. Furieux, ils réussirent cependant à ramener Pélops à la vie, mais le garçon garda une trace de ce banquet funeste : l'épaule qui avait été dévorée fut remplacée par un morceau d'ivoire.

Quant à Tantale, il fut précipité dans les profondeurs du Tartare pour y subir un terrible châtiment. Il fut plongé jusqu'au cou dans un étang, sous un arbre aux branches

Ils étaient enfermés dans le Tartare.

67

chargées de fruits mûrs. Malgré cette eau et ces fruits à proximité, il était condamné à ne jamais étancher sa soif ni apaiser sa faim. L'eau se retirait dès qu'il en approchait ses lèvres sèches. Quand il tendait la main pour cueillir un fruit, les branches se relevaient. De nombreux suppliciés peuplaient ainsi cette partie du royaume.

Hadès en était le souverain tout-puissant mais, très vite, le pouvoir ne suffit plus à combler sa profonde solitude. Lassé de régner seul sur ce peuple d'ombres, il voulut prendre une épouse. Malheureusement, les prétendantes étaient rares ! Aucune déesse ni aucune mortelle ne consentait à adopter cette triste vie sous terre, privée à jamais de la lumière du soleil. Il fut donc contraint d'en enlever une. Son choix se porta sur Perséphone, une des plus belles jeunes filles de Sicile.

VII

DÉMÉTER ET PERSÉPHONE

Hadès profita d'un jour où Perséphone se promenait seule. Alors qu'elle se penchait pour respirer le parfum d'une fleur, la terre trembla avec fracas. Une faille s'ouvrit brusquement d'où surgit le dieu des Enfers, monté sur un char à quatre chevaux noirs. Elle n'eut pas le temps de se remettre de sa frayeur car il la saisit par la taille et l'emporta avec lui. L'attelage disparut aussi vite qu'il était apparu et la brèche se referma sur eux.

Les appels déchirants de Perséphone

avaient été entendus par sa mère. Déméter accourut : trop tard ! Rien ne signalait le passage du dieu. Seul l'air agité gardait la trace de cette apparition soudaine et les fleurs couchées témoignaient silencieusement d'un bouleversement récent.

Affolée, la pauvre mère ne savait plus où porter ses pas. Elle errait à travers le pays, oubliant ses devoirs à l'égard des hommes. Habituellement, sa fonction de déesse des moissons, du blé et de toutes les plantes lui imposait de surveiller les productions agricoles. En son absence, le blé refusa de germer, les plantes cessèrent de pousser et la terre entière devint stérile. Les dieux décidèrent alors d'intervenir.

Le soleil qui voit tout révéla à Déméter l'endroit où se trouvait sa fille. Elle fut d'abord soulagée de savoir Perséphone en vie, mais, lorsqu'elle sut qui la détenait, elle exigea de Zeus qu'il obtienne sa libération.

Les dieux décidèrent d'intervenir.

– Je comprends ta douleur de mère, lui

répondit-il. J'intercéderai en ta faveur auprès d'Hadès. Il te rendra ta fille ou je ne m'appelle plus Zeus !

Hadès cependant refusa de laisser partir sa douce compagne. Alors Déméter décida d'abandonner ses fonctions nourricières. Elle se moquait de savoir comment vivraient les dieux et les mortels sans elle. Elle-même ne pouvait pas vivre sans sa fille ! Elle prit l'apparence d'une vieille femme et s'exila volontairement sur terre.

Une période cruelle commença alors pour les hommes. À nouveau le sol se dessécha et la famine menaça l'espèce humaine. Cette situation ne pouvait plus durer. Les dieux se réunirent dans le palais de Zeus et se mirent d'accord pour persuader Hadès de rendre Perséphone à sa mère. Zeus prit la parole :

– Cher frère, tu es le souverain du royaume souterrain. À ce titre, tu agis à ton gré, à condition de ne pas empiéter sur ce monde ici-bas. Or, depuis que tu retiens

Perséphone, sa mère refuse la nourriture aux mortels. Par la même occasion, les sacrifices se font rares. Tu ne peux pas laisser pourrir cette situation. Renvoie la fille !

– Soit ! répondit le dieu rusé, mais je dois auparavant vérifier qu'elle n'ait rien absorbé pendant son séjour, sans quoi, elle ne pourrait plus remonter sur terre. C'est la loi.

Interrogée, Perséphone répondit avec candeur qu'elle avait goûté les graines d'une grenade. Hadès exultait. Un marché fut pourtant conclu : Déméter dut accepter que sa fille reste trois mois chez Hadès et remonte auprès d'elle pour le reste de l'année.

C'est ainsi que, trois mois durant, la terre se désole avec Déméter de l'absence de Perséphone. C'est l'hiver, et le sol est stérile. Dès le retour de la jeune femme, la vie renaît et la nature tout entière fête les retrouvailles de la mère et de son enfant. Seul Hadès trouve long ce printemps qui le sépare de sa compagne.

VIII

Héphaïstos, Aphrodite et Arès

Comme Hadès, Héphaïstos avait voulu s'attacher la compagnie d'une jolie déesse.

Le dieu forgeron habitait une large grotte creusée dans le flanc d'un volcan. Là, il avait installé son atelier avec de lourdes enclumes, des soufflets infatigables et des fers rougeoyants. Les coups de marteau résonnaient toute la journée dans cet antre bruyant, car le dieu, aidé des Cyclopes, passait son temps à fabriquer des armes magnifiques. Il savait travailler les métaux mieux

que personne et aucune prouesse technique ne lui était impossible.

De ses mains habiles sortit un jour un filet, tout de bronze tressé. Sa finesse était telle qu'on en discernait à peine les mailles. Et pourtant chaque fil avait la solidité de douze câbles ! Aucun animal, aussi fort soit-il, n'aurait pu se défaire de ce piège.

La proie que le dieu voulait y enfermer était de taille... Il s'apprêtait à surprendre sa propre épouse, Aphrodite, en compagnie de son amant, l'impétueux Arès, le dieu de la guerre en personne ! Les aventures de la déesse volage lui avaient été dénoncées par le soleil et le mari trompé n'entendait pas se laisser berner plus longtemps.

Il faut dire que leur ménage n'était pas très solide ! Quelques années plus tôt, à l'époque de leur mariage, l'union de la plus belle des déesses avec cet être difforme avait surpris les dieux. Héphaïstos, en effet, n'était pas avantagé par la nature et il avait pour épouse la plus belle de toutes les créatures, mortelles et divinités confondues !

Aphrodite était fille d'Ouranos et avait vu le jour dans une coquille de nacre. Dès sa naissance, elle avait charmé son entourage par son exceptionnelle beauté. Un tendre sourire animait continuellement ses traits délicats. La blancheur de son teint rivalisait d'éclat avec l'or de sa longue chevelure.

Aphrodite était fille d'Ouranos.

Son arrivée dans l'Olympe n'était pas restée inaperçue. Ses rivales, les autres déesses, l'avaient regardée de travers, tandis que les dieux avaient tenté en vain de la séduire. Ils ignoraient encore qu'Héra l'avait déjà promise à l'un de ses enfants, le dieu Héphaïstos.

L'épouse de Zeus espérait ainsi se réconcilier avec ce fils qu'elle avait si mal traité. À sa naissance, l'enfant était difforme, avec une tête énorme et des membres frêles. Sa mère avait refusé de le reconnaître. Elle l'avait saisi par une jambe et lancé à travers les airs. Le bébé était tombé dans l'Océan où l'avaient recueilli les nymphes marines, Thétis et Eurynomé. Cette chute avait failli lui être fatale et il en avait gardé une infirmité qui n'arrangeait pas sa difformité naturelle. Malgré ses malheurs, le dieu boiteux avait eu une enfance heureuse. Il avait développé d'exceptionnelles qualités pour le travail des métaux et sa renommée était même parvenue jusqu'aux dieux. Afin de lui prouver ses bonnes intentions, Héra avait décidé de lui donner Aphrodite pour épouse.

Héphaïstos s'était montré comblé par cette compagne inespérée et, sur le coup, Aphrodite avait accepté leur union. Elle était flattée par les talents de l'artiste et elle comptait bien qu'il lui fabriquerait des bijoux à faire pâlir les autres déesses !

Cependant, la vie qu'on lui offrait à la forge ne lui convenait pas. La chaleur et le bruit lui étaient vite devenus insupportables

La vie qu'on lui offrait à la forge ne lui convenait pas.

et elle aurait préféré une compagnie plus raffinée que celle des Cyclopes. La déesse de l'amour ne tarda donc pas à aller chercher en dehors de la demeure conjugale les plaisirs et la vie de délices qui lui manquaient.

Arès, dieu de la guerre, obtint ses faveurs. Héphaïstos ne se méfiait pas, Aphrodite en profita ! Sous n'importe quel prétexte, elle allait rejoindre son amant. Le couple se séparait à l'aube avant le lever du jour. Puis leurs rencontres passionnées devinrent de plus en plus fréquentes et leur vigilance s'affaiblit.

Un matin, ils oublièrent de se réveiller et furent surpris par le soleil. Jaloux que le dieu de la guerre lui soit préféré, le soleil rapporta l'aventure à Héphaïstos. Le dieu ne laissa pas éclater sa colère mais préféra surprendre l'infidèle.

Voilà pourquoi l'habile forgeron avait conçu ce prodigieux filet de bronze. Il le plaça au-dessus du lit où les amants se rencontraient. Un fil dissimulé derrière les tentures devait en actionner la fermeture. Quand le piège fut prêt, le dieu annonça à son épouse qu'il partait pour quelques jours. À peine avait-il disparu au détour de la route qu'elle fit appeler Arès auprès d'elle.

Héphaïstos leur laissa un temps suffisant pour se rejoindre, puis rebroussa chemin. Dès le seuil, il entendit les jurons d'Arès se mêler aux cris de rage de sa maîtresse : plus ils se débattaient, plus les mailles du filet se resserraient !

Non content de les avoir surpris sur le fait, Héphaïstos les offrit en spectacle aux autres dieux. Ils raffolaient de ce genre de distractions et ne se firent pas prier. Certains même envièrent le pauvre Arès ! Les plaisanteries allaient bon train, pendant que les déesses, retenues par leur pudeur, attendaient à la porte en commentant le caractère volage de leur belle rivale...

Arès et Aphrodite se séparèrent.

Quand ils furent enfin délivrés, Arès et Aphrodite se séparèrent. Au lieu de regagner la demeure conjugale, la déesse se retira sur l'île de Cythère où la vie lui était plus agréable. Elle n'oublia pas l'humiliation dont elle venait d'être victime et attendit le moment de tirer une vengeance mémorable de celui qui les avait dénoncés. Cette mésaventure ne l'empêcha pas cependant d'aimer ailleurs.

Du dieu Arès, elle avait eu un fils, Éros. Tout jeune, l'enfant possédait déjà les mêmes pouvoirs que sa mère. Il savait enflammer les cœurs. Un seul de ses traits suffisait à déclencher les passions les plus vives. Aphrodite elle-même en fut victime.

Un jour où le jeune dieu s'était réfugié dans ses bras pour recevoir un baiser, il ne se rendit pas compte qu'une flèche dépassant de son carquois vint frôler le sein de sa mère. Aphrodite l'éloigna doucement sans

s'inquiéter d'abord de cette blessure. Mais ce léger coup ne tarda pas à éveiller l'amour dans le cœur de la déesse...

La beauté d'Adonis, un jeune chasseur qu'elle aperçut dans une clairière, lui inspira un sentiment dont elle n'avait pas encore éprouvé la violence. Elle en fit son compagnon et se mit à partager ses longues courses dans les bois à la recherche du gibier. On la voyait traverser les plaines à ses côtés ou se reposer dans un vallon, au creux de ses bras. Elle choisissait pour lui un gibier inoffensif et le mettait en garde contre les sangliers, les ours et les loups.

Tant qu'elle était à ses côtés, Adonis se contentait de traquer les lièvres et les cerfs. Mais la déesse dut s'absenter : on la réclamait dans l'Olympe. Elle s'envola à travers les airs, sur son char attelé de quatre cygnes blancs, non sans jeter un regard inquiet vers le sommet de la crête où elle avait laissé son bel amoureux.

Adonis descendait en courant les coteaux boisés derrière sa meute. Sans qu'il s'en aperçoive, les chiens suivirent une nouvelle trace. Tout à coup, ils se mirent à aboyer furieusement. Adonis accourut. Il découvrit, entre les arbres, les yeux étincelants et les défenses recourbées d'un énorme sanglier. La bête surprise s'apprêtait à quitter la forêt quand la lance du chasseur vint se planter dans son flanc. Pris d'une rage subite, l'animal blessé se retourna violemment, rejetant au loin le bois trempé de sang. Il fonça droit vers le jeune homme qui s'enfuyait déjà. Mais les racines ralentissaient sa course, le faisant trébucher sans cesse. La douleur, au contraire, décuplait les forces du sanglier. Il rattrapa le pauvre chasseur et lui planta ses défenses dans la cuisse. Touché à mort, le jeune homme s'écroula en poussant un cri plaintif.

Aphrodite l'entendit. Aussitôt, elle rebroussa chemin et accourut auprès du corps. Adonis venait d'expirer. De douleur,

la déesse déchira ses vêtements et gémit, longtemps, sur la cruauté du destin. Elle mêla ses larmes au sang qui coulait de la blessure et il en poussa de fragiles anémones. Chaque année, le spectacle des fleurs renaissantes perpétue désormais le souvenir de son chagrin.

L'amour dont Aphrodite emplit les cœurs eut de funestes[1] conséquences pour des nations entières. La guerre de Troie, qui opposa les Grecs et les Troyens pendant dix années meurtrières, eut pour origine l'amour inspiré à un prince troyen, Pâris, pour l'épouse d'un roi grec, Hélène. C'est ainsi qu'Aphrodite avait récompensé Pâris de l'avoir désignée comme la plus belle des déesses.

---

1. Funeste, *adj.* : qui cause la mort ; qui aura de graves conséquences.

IX

LE JUGEMENT DE PÂRIS

ATHÉNA

Aux noces de la nymphe Thétis et du mortel Pélée, les dieux se trouvaient assemblés. Au beau milieu de la fête et des chants d'hyménée[1], Éris, une des divinités, se leva. Ce mauvais génie représente la Discorde qui divise. La gaieté des autres la rend triste et leur bonheur lui est douloureux.

---

1. Hyménée, *n. m.* : mariage.

Sur la table qui réunissait les convives divins elle lança une pomme d'or. Aussitôt, Athéna, Aphrodite et Héra tendirent le bras. Éris leur annonça :

– Cette pomme que vous convoitez toutes les trois revient à la plus belle.

Puis elle se tut.

La rumeur qui parcourut l'assemblée laissa bien échapper les trois noms tour à tour, mais personne ne voulut prendre le risque de trancher, par crainte de provoquer la colère des déesses. Même si la grâce d'Aphrodite l'emportait, l'éclat d'Héra et la majesté d'Athéna empêchaient les dieux de lui accorder le prix. Éris leur souffla une solution :

– Seul un homme qui ne vous connaît pas saura choisir. Il faut un regard neuf et un esprit vierge. Allez toutes les trois trouver Pâris. Ce jeune berger ne sait pas encore qu'il est fils du roi Priam. Il passe ses journées dans les montagnes à faire paître ses moutons. Remettez-vous-en à son jugement.

Sous la conduite d'Hermès, les trois déesses, impatientes de connaître le résultat, gagnèrent les pentes boisées de l'Ida. Pour convaincre l'arbitre, chacune avait revêtu ses plus beaux atours. Et, l'une après l'autre, elles essayèrent de le convaincre en lui adressant d'alléchantes promesses.

Héra commença :

– Tu es destiné à monter sur le trône de Troie. Si tu me choisis, moi, l'épouse du maître des cieux, je te promets l'empire sur l'Asie entière.

Athéna, déesse de l'intelligence et de la guerre, lui succéda :

– Le pouvoir sans la sagesse n'est rien. En échange de la pomme, je t'offre les arts politiques et militaires qui te permettront de régner et de conquérir les cités.

Aphrodite parla en dernier :

– Tu es beau, Pâris, et il serait juste que tu

obtiennes l'amour de la plus belle des femmes. Désigne-moi et je te donnerai Hélène.

Malgré l'impression que produisit sur lui chaque déesse, les dernières paroles d'Aphrodite touchèrent davantage le cœur du jeune homme. Répondant au désir qu'elle avait suscité, il dit :

Il tendit la pomme à Aphrodite.

– Belles dames, vous êtes toutes trois si majestueuses et si divines que vous n'avez rien à vous envier. Mais à la puissance et à la gloire, je préfère l'amour.

Sur ces mots, il tendit la pomme à Aphrodite pour prix de sa beauté.

Si ce jugement lui acquit la bienveillance éternelle de la déesse de l'amour, il attira en revanche l'hostilité des deux autres sur le peuple troyen. La rancune d'Athéna allait causer de grands malheurs à la cité de Priam.

Peu de temps après, Pâris quitta son troupeau et ses pâturages et vint à Sparte, assuré d'obtenir le cœur d'Hélène. Sans égards pour l'hospitalité de son époux, le roi

Ménélas, le prince enleva la jeune femme. Ce rapt déchaîna l'indignation de tous les Grecs qui se rassemblèrent pour venger l'affront. Une armée immense partit sous les murs de Troie pour réclamer réparation. Dix ans durant, de valeureux guerriers s'affrontèrent pour une femme.

Pendant les combats de la guerre de Troie, Athéna accorda sa faveur aux héros grecs. Sous une forme ou sous une autre, elle venait les aider à remporter la victoire en dirigeant habilement leurs coups. L'art de la guerre n'était pas étranger à cette déesse qui était venue au monde déjà vêtue de ses armes.

Athéna était la fille de Métis, la première déesse qui s'unit à Zeus. Ouranos et Gaia l'avaient mis en garde contre cette descendance :

– Le destin prévoit que le premier-né de ton union avec Métis sera une fille dotée d'une intelligence exceptionnelle. Mais le

deuxième enfant sera un garçon violent et jaloux du pouvoir de son père. Il ne tardera pas à te détrôner pour régner à ta place sur l'univers.

Craignant de connaître le même sort que son propre père Cronos, Zeus chercha un moyen de mettre un terme aux enfantements de Métis. Par des paroles caressantes, il la fit venir près de lui. Puis, au moment où elle ne s'y attendait pas, il la saisit et l'avala comme un poisson ! Ainsi renfermait-il, avec la

mère, l'enfant qu'elle portait et qui allait
bientôt naître.

Quand le temps nécessaire se fut écoulé,
Zeus voulut être libéré de sa fille. Il fit appel
à Héphaïstos qui, d'un coup de hache habilement porté, lui ouvrit une fente dans le crâne.
Aussitôt, la déesse tout en armes surgit en
faisant retentir un strident cri de guerre. Ce
spectacle prodigieux ravit son père qui lui fit
cadeau de l'égide. Cette cuirasse, fabriquée
avec la peau de la chèvre Amalthée, était une

protection puissante contre les coups. Zeus en avait éprouvé l'efficacité au moment de la guerre contre les Géants. Athéna avait fière allure avec son casque empanaché qui coiffait ses cheveux blonds, son grand bouclier et sa longue lance !

La déesse voulut un royaume.

La déesse voulut bientôt un royaume. Elle choisit la région de l'Attique, où se trouvait une citadelle construite sur une colline. Le dieu de la mer, Poséidon, avait aussi des vues sur cette cité. Pour choisir leur souverain, les habitants les soumirent à une épreuve et décidèrent que l'Attique reviendrait à la divinité qui lui offrirait le bienfait le plus utile.

Dieux et mortels se rassemblèrent sur l'Acropole pour assister à la compétition et désigner le vainqueur. Poséidon frappa le rocher d'un coup de son trident. Aussitôt, il en jaillit un lac d'eau salée. Le prodige était remarquable, mais le bienfait minime. Athéna s'avança à son tour. Du sol où elle avait posé son bâton poussa un arbre au feuillage argenté et aux baies vertes. Un cri d'admiration s'éleva parmi les spectateurs : quel prodige !

D'un commun accord, ils choisirent d'accorder le pouvoir à Athéna qui venait d'introduire l'olivier sur la terre de l'Attique. Pour rendre hommage à la déesse, les habitants donnèrent son nom à leur ville et lui consacrèrent l'olivier. Athènes devint donc sa protégée.

L'ingéniosité de la déesse l'amena à présider à de nombreuses inventions. Pour la guerre, elle imagina le quadrige, un char tiré par quatre chevaux qui conduit les héros sur le champ de bataille. On la considérait aussi comme la déesse de la raison. Ce n'est pas un hasard si les philosophes et les poètes des autres pays vinrent composer leurs œuvres à Athènes, sous la protection de la déesse.

LES HÉROS

Hermès
emporta
l'animal
merveilleux.

JASON ET LA TOISON D'OR

I

ATRÉE ET THYESTE

L'AGNEAU à la toison d'or naquit de l'union de Poséidon et de la princesse Théophanè. Le dieu avait enlevé la jeune fille et l'avait transformée en brebis pour la soustraire aux autres prétendants, tandis qu'il avait pris lui-même l'apparence d'un bélier.

Plus tard, Hermès emporta l'animal merveilleux à travers les airs jusque dans la plaine d'Argolide, près de Mycènes.

Le hasard l'avait placé dans le troupeau d'Atrée, qui s'était réfugié auprès du roi de cette cité avec son frère Thyeste. Leur père Pélops les avait chassés en les maudissant à cause d'un crime odieux : ils avaient tué leur demi-frère Chrysippos, fils de Pélops et de la nymphe Axioché. C'était leur mère, Hippodamie, qui, jalouse de sa rivale, avait poussé ses enfants à commettre un tel forfait. Depuis, ils vivaient tous les deux en exil à Mycènes.

Quand il apprit par son berger la précieuse découverte, Atrée lui ordonna de la garder secrète. Seule son épouse Aéropé connut l'existence de l'animal prodigieux, mais elle s'empressa de la révéler à Thyeste dont elle était la maîtresse.

La cité était alors en proie à une grande confusion : son roi venait de mourir sans laisser de successeur. Après avoir consulté l'oracle, les habitants apprirent qu'ils devaient remettre le pouvoir à l'un des fils de Pélops.

Les deux frères devinrent des rivaux.

Les deux frères devinrent alors des rivaux. Atrée proposa au peuple que l'on désignât comme roi celui qui posséderait un signe manifeste de sa puissance, par exemple un bélier à la toison d'or... Le malheureux ne savait pas qu'entre-temps son épouse le lui avait dérobé pour le donner à son frère.

Confiants dans leur victoire, ils se rendirent chacun dans leur bergerie. Atrée franchit la porte, s'attendant à voir luire dans l'obscurité l'auréole dorée du bélier. Mais cette fois, tout resta sombre, pas le moindre signe de l'animal. Il avait disparu, et, avec lui, le berger !

Consterné par cette découverte, Atrée se précipita chez son frère. Avant même de pénétrer sous la voûte boisée, il entendit les cris d'allégresse et aperçut l'éclat prodigieux. Thyeste se tenait triomphant sur le seuil, suivi de l'animal qui allait lui donner le pouvoir. Atrée comprit la fourberie de son épouse quand il la vit, radieuse, au côté de son frère. Il rentra au palais le cœur plein d'une haine mortelle, jurant que sa vengeance serait à la hauteur de la trahison.

Atrée se précipita chez son frère.

99

Au beau milieu de la fête où l'on célébrait le nouveau roi, Atrée surgit dans la salle du banquet, interrompant les chants et les danses :

– Zeus, protecteur du foyer, n'approuve pas cette élection qui repose sur la trahison d'une mauvaise épouse. Il m'a envoyé son messager Hermès pour vous prévenir que le véritable roi serait désigné par un nouveau prodige. Si le soleil renverse sa course et se lève demain à l'ouest, c'est moi qui monterai sur le trône. Mais si, comme chaque matin, le char d'Hélios part de l'orient, tu pourras continuer à fêter ta victoire, mon cher frère !

C'est moi qui monterai sur le trône !

Thyeste accepta, sans croire à la réalisation d'une telle révolution céleste. Mais, au petit matin, l'inquiétude remplaça ses belles certitudes. Regardant par les fenêtres qui s'ouvraient sur l'est, il ne vit pas l'horizon se teinter de rose comme à l'ordinaire. L'air conservait la fraîcheur bleutée de la nuit. Traversant précipitamment la grande salle, il gagna la galerie ouverte sur l'ouest. L'aube s'y réchauffait déjà aux premiers rayons du soleil et le dos des tuiles s'empourprait sous une lumière irisée. L'incroyable prodige s'était donc réalisé ! Des pas, derrière lui, le firent se retourner. Atrée approchait, sûr de lui, le visage animé d'un sourire cruel :

– Tu vois ! Les dieux me sont favorables. C'est à moi de régner sur Mycènes. Si tu n'as pas quitté cette terre avant que le soleil n'ait achevé sa course, je te ferai arrêter pour complot contre le souverain légitime.

Les dieux me sont favorables.

Thyeste fut banni[1] du royaume. Dépossédé de toutes ses richesses, il erra, comme un vagabond, sur les routes, avec ses trois fils. La vengeance d'Atrée n'était cependant pas assouvie. Il avait conçu un crime odieux pour abattre définitivement son frère.

Quelques années plus tard, feignant de vouloir se réconcilier avec lui, il le fit venir à

---

1. Bannir, *v.* : bannir quelqu'un, c'est le chasser de son pays.

*Thyeste
fut banni
du royaume.*

Mycènes. Sans se méfier, Thyeste répondit allègrement à cette invitation, tout content de retrouver son rang. Afin de célébrer ces retrouvailles, Atrée organisa des fêtes somptueuses. Les tables étaient chargées de mets copieux et raffinés. Les coupes débordaient de vins capiteux.

Pour parfaire ce banquet, Atrée annonça à son frère un plat unique. Il lui servit sans qu'il s'en rendît compte ses propres enfants coupés en morceaux ! Quand il eut mangé, il lui montra alors les têtes de ses fils et lui révéla l'abominable crime. Thyeste se leva d'un bond, renversant violemment la table. Il ne put recracher ce qu'il avait absorbé mais eut encore la force d'apostropher son frère :

– Que ta race soit maudite ! Le couteau que tu as tourné contre les fils de ton frère, l'épouse le tournera contre son propre époux, et le fils contre sa mère !

Ainsi, pendant plusieurs générations, le palais de Mycènes, frappé par cette malédiction, vit couler le sang des descendants d'Atrée, les Atrides.

À l'aube de la guerre de Troie, le grand roi Agamemnon, fils d'Atrée, fut contraint d'accepter le sacrifice de sa propre fille, Iphigénie. C'est à cette seule condition que les navires grecs purent quitter le port d'Aulis. À son retour, il fut assassiné par son épouse Clytemnestre, aidée de son amant Égisthe, qui avait usurpé le trône. Leur fils Oreste n'eut de cesse de venger ce père trahi. Il versa à son tour le sang de la race en se rendant coupable d'un matricide[1].

---

1. Matricide, *n. m.* : crime de celui a tué sa mère. Le parricide est le meurtre de son père.

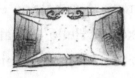

II

PHRIXOS ET HELLÉ

PENDANT ce temps, dans une autre partie de la Grèce, en Béotie, la jalousie d'une femme allait nuire à deux enfants.

Ino, que le roi d'Orchomène, Athamas, avait épousée en secondes noces, haïssait les enfants qu'il avait eus de sa première épouse, Néphélé. Toute la journée, elle poursuivait son époux de ses plaintes et de ses récriminations :

– Je ne peux plus supporter la préférence que tu affiches à l'égard des enfants de ta première femme. Néphélé, c'est terminé ! Éloigne Phrixos et Hellé du palais. Je veux que Léarchos et Mélicerte soient les premiers enfants de la maison.

Et lui, inlassablement, répondait :

– Calme-toi ! J'aime les fils que tu m'as donnés autant que ceux de Néphélé. J'entends qu'ils reçoivent ensemble la même éducation !

Ino ne se contenta pas de ces propos rassurants. Elle ourdit[1] une ruse destinée à perdre Phrixos et Hellé. Elle fit griller les graines entassées dans les greniers du palais en prévision des prochaines semences. Après un tel traitement, on eut beau les enfouir profondément dans la terre et les arroser copieusement, elles ne produisirent rien ! En l'absence des récoltes attendues, la cité fut menacée par la famine. Inquiet pour son peuple, et ne comprenant pas cette soudaine

La cité fut menacée par la famine.

---

1. Ourdir, *v.* : préparer, combiner.

stérilité du sol, Athamas décida de consulter l'oracle de Delphes.

Ino offrit un de ses serviteurs pour remplir cette mission. Avant son départ, elle lui dicta la réponse qu'il devait rapporter. Le roi fut accablé par la terrible nouvelle : « Pour que la terre recouvre sa fertilité, Apollon réclame le sacrifice de Phrixos et d'Hellé. » Déchiré entre la sauvegarde de son peuple et celle de ses enfants, le roi finit par accepter cette décision qu'il prenait pour la volonté divine.

Mais les dieux ne pouvaient pas permettre qu'un crime semblable se dissimule sous l'apparence d'un arrêt divin. Sur l'ordre de Zeus, Hermès alla à Mycènes chercher le bélier à la toison d'or et le remit à Néphélé, la mère des deux victimes, pour que celui-ci les emporte loin de l'autel.

Au moment où le prêtre allait accomplir son office, une épaisse nuée déroba la scène au regard des spectateurs stupéfaits. Soudain, une lumière intense déchira le

Le roi fut accablé.

brouillard. On vit alors s'élever dans les airs l'animal merveilleux chevauché par les deux enfants solidement accrochés à la laine d'or.

Filant à travers l'éther azuré[1], le bélier se dirigeait vers le continent asiatique où les enfants seraient à l'abri. Ils retrouvaient peu à peu leur assurance et se détendaient, quand, tout à coup, entre deux nuages, apparut la côte. Se sachant près du but, la petite fille lâcha prise pour battre des mains. Au même moment, le bélier inclina sa course pour descendre vers la terre. La jeune Hellé perdit l'équilibre et, sans que son frère parvienne à la rattraper, elle tomba dans les eaux profondes. Depuis ce jour, en souvenir de cette triste chute, cette mer porte le nom d'Hellespont.

Phrixos, lui, veilla à rester bien en selle, et il arriva sain et sauf en Colchide. Le roi

---

1. Éther azuré : expression poétique qui désigne un ciel pur et bleu.

*La jeune
Hellé tomba
dans les eaux
profondes.*

Aétès lui réserva un accueil chaleureux et lui permit de se remettre de toutes ces émotions. Quand il se fut reposé, le jeune homme offrit le bélier en sacrifice à Zeus pour le remercier de l'avoir sauvé. Le dieu fut flatté et promit la prospérité à celui qui détiendrait la toison du bel animal. Phrixos l'offrit donc à son hôte qui la dédia à Arès et accrocha la précieuse peau de mouton à un arbre, dans un bois consacré au dieu de la guerre.

Jaloux de son trésor, le roi en confia la surveillance à un monstrueux serpent qui s'enroula aussitôt autour du tronc. Ainsi il était impossible d'approcher, à moins d'en affronter le redoutable gardien.

Un héros grec n'allait pourtant pas tarder à tenter l'aventure.

III

JASON

JASON était le fils d'Éson. Il passa son enfance en Thessalie, dans une grotte du mont Pélion, et fut élevé par le centaure[1] Chiron. Il grandit ainsi à l'écart des villes et révéla de grandes aptitudes, sachant aussi bien manier la charrue que lancer les javelots et distancer quiconque à la course. Sa force s'accrut ainsi au contact de la nature, dans les bois et les vallons qu'il parcourait à longueur de journée.

---

1. Centaure, *n. m.* : être monstrueux qui a la tête et le buste d'un homme et le corps d'un cheval.

Quand il fut devenu adulte, son père crut bon de lui révéler sa véritable condition :

– Mon cher fils, ta place n'est pas ici. Un destin prestigieux t'attend sur le trône de la cité d'Iolcos. J'en étais moi-même le souverain légitime jusqu'à ce que mon demi-frère Pélias m'en chasse par la force. Il est temps de te rendre à la cour pour réclamer ce qui t'est dû.

Surpris d'abord par cette nouvelle, Jason accepta la mission. Après avoir couvert ses épaules d'une peau de bête, il embrassa ses vieux parents et prit le chemin de la ville.

Arrivé dans la vallée, il fut arrêté par une rivière aux eaux profondes. Il était occupé à scruter les environs pour trouver un passage, quand il aperçut, non loin de lui, une vieille femme qu'il n'avait pas entendue approcher.

– Puissant seigneur, lui dit-elle d'une voix grêle, peux-tu m'aider à traverser cette rivière ? Mes forces ne me permettent pas d'affronter la violence du courant.

– Ce n'est pas de refus, répondit-il surpris par cette apparition. Mais je n'ai que mon dos à t'offrir et ne suis pas certain d'arriver sain et sauf sur l'autre berge.

Sans tenir compte de son hésitation, la vieille grimpa sur le jeune homme.

L'eau glacée lui arriva rapidement au menton. Il but plusieurs fois la tasse car il était alourdi par sa passagère dont les vêtements trempés l'attiraient vers le fond. Grâce à un effort de chaque instant, il réussit cependant à ne pas être emporté par le courant. Enfin, à force de lutter, il atteignit

le rivage, puis il s'écroula sur la terre humide.

Quand il eut retrouvé son souffle, il s'enquit de sa compagne. Au lieu de se poser sur la vieille femme, son regard glissa le long d'une silhouette fine, revêtue d'une élégante robe pourpre. La couleur de l'étoffe tranchait avec l'éclat d'une peau blanche que rehaussaient une abondante chevelure brune et un regard émeraude. Le jeune homme resta muet devant ce prodige.

Devançant ses questions, la femme prit la parole :

– Ta générosité égale ta noblesse. Tu n'as pas craint de perdre la vie pour aider une vieille femme. Cette épreuve m'a permis de mieux te connaître. Sache que dès maintenant tu seras protégé par Héra, l'épouse de Zeus, en récompense de ton courage. À présent, continue ton chemin, de rudes épreuves t'attendent.

À peine eut-elle achevé sa phrase que son image se troubla et finit par disparaître. Se

croyant victime d'un mirage, le jeune homme cherchait autour de lui un signe de la présence divine. Plus un bruit n'était perceptible, pas même le remous des flots. Le flux de la rivière s'était soudain tari et l'eau claire ruisselait paisiblement entre de grosses pierres. Jason remarqua qu'il avait perdu une sandale dans la traversée. Avec un pied nu, il reprit son chemin, sans même sentir les cailloux du sentier.

C'est dans cet accoutrement qu'il passa les portes de la ville sous le regard inquiet des habitants. L'homme auquel il demanda la direction du palais la lui indiqua d'un geste furtif avant de détaler. À son passage des groupes se formaient. Tout le monde regardait son pied nu. Jason était bien désolé de se présenter dans cette tenue, mais il ne fallait pas faire une histoire pour une sandale en moins ! Il ignorait l'importance de ce détail pour l'ensemble de la cité.

Quelques années plus tôt, après s'être emparé du trône, Pélias avait voulu s'assurer

de la durée de son pouvoir. Un oracle l'avait alors invité à se méfier d'un homme au pied nu. Le temps s'était écoulé sans qu'on pensât à cette étrange prophétie jusqu'au jour où Jason pénétra dans la ville.

La nouvelle en fit le tour avant même qu'il ne parvienne au palais. Sans savoir qu'il s'agissait de son neveu, Pélias remarqua tout d'abord le signe annoncé par le destin. Pris de panique, il lui demanda son origine. Jason ne lui cacha rien et l'informa du but de sa

visite. Avant de répondre à sa requête, Pélias lui posa une dernière question :

– Selon toi, Jason, qui est digne de gouverner le royaume ?

– L'homme qui rapportera la Toison d'or, répondit-il sans réfléchir.

Son oncle le prit au mot :

– Eh bien, va la chercher si tu prétends gouverner à ma place. Rapporte-la et je te remettrai le trône. Tu as un mois pour te préparer à ce long voyage. Prends avec toi les

compagnons que tu désires et demande-moi tout ce dont tu as besoin.

Pélias pensait adoucir, par cette générosité, la rigueur de l'épreuve qu'il avait imposée à son neveu.

Jason fut le premier surpris d'avoir lancé cette réponse qui lui avait sans doute été soufflée par une divinité. Relevant le défi, il commença les préparatifs de son expédition.

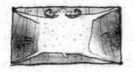

IV

DÉPART POUR LA COLCHIDE

Personne n'était jamais allé aussi loin sur la mer. La navigation n'en était qu'à ses débuts et on s'éloignait rarement des côtes. Pour cette grande entreprise, Jason confia la construction du navire à Argos, un fameux architecte, qui bénéficia de l'aide d'Athéna.

La coque fut fabriquée avec le bois du Pélion et on réserva un morceau du chêne sacré de Dodone pour la proue. Le chantier dura un mois. Pendant ce temps, la nouvelle de cette formidable expédition vers la

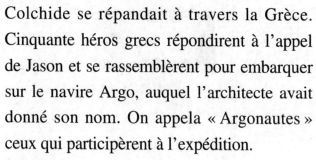

Colchide se répandait à travers la Grèce. Cinquante héros grecs répondirent à l'appel de Jason et se rassemblèrent pour embarquer sur le navire Argo, auquel l'architecte avait donné son nom. On appela « Argonautes » ceux qui participèrent à l'expédition.

Tiphys, qui avait appris d'Athéna l'art de la navigation, en fut le pilote. Orphée, musicien et poète venant de Thrace, se joignit à eux. Par les accords de sa lyre il savait charmer les hommes et les animaux. Son art allait être d'un grand secours pendant le voyage. L'équipage comprenait encore Castor et Pollux, les frères d'Hélène. La liste complète des héros qui prirent place sur les bancs serait trop longue à établir.

Ils sacrifièrent à Apollon, puis quittèrent le golfe de Pagasai, au sud de la Thessalie, non loin d'Iolcos. Profitant d'un vent favorable, le navire s'élança.

Les débuts de la traversée se déroulèrent sans encombre. Lors de leurs escales dans les îles, les Argonautes recevaient un chaleureux accueil. Puis la mer commença à être de plus en plus mauvaise. Les tempêtes se succédèrent, les obligeant parfois à rebrousser chemin. Un de ces retours en arrière eut de tristes conséquences.

Ils accostèrent en pleine nuit sur le rivage de l'île de Cyzique, dont le roi leur avait offert l'hospitalité quelques jours plus tôt. Dans l'obscurité, les habitants, les Doliones, les prirent pour des pirates et engagèrent le combat. Les héros ripostèrent sans reconnaître leurs hôtes de la veille. Au matin, les Grecs eurent le dessus et Jason venait de tuer le roi lui-même quand il se rendit compte de sa méprise. Des lamentations et de lourds sanglots se firent entendre dans les deux camps. Les Argonautes offrirent de splendides funérailles au roi. Puis ils repartirent, le cœur lourd. Courbés sur les rames, les héros n'étaient même plus charmés par les mélodies qu'entonnait Orphée pour soutenir la cadence.

Les tempêtes se succédèrent.

À voir les difficultés qui s'accroissaient, on sentait que le but approchait. Ils essuyèrent plusieurs combats meurtriers et encore de violentes tempêtes. L'une d'entre elles les obligea à faire escale sur la côte thrace, sur la rive européenne de l'Hellespont.

Dans ce pays vivait Phinée, un devin aveugle que les dieux avaient affligé d'une pénible malédiction. Chaque fois qu'on lui présentait des plats, les Harpyes, des oiseaux à tête de femme, se précipitaient pour lui ravir son repas et le souiller de leurs excréments.

Les Grecs l'abordèrent pour connaître le déroulement de leur expédition juste avant de s'engager dans la passe dangereuse du Bosphore ; mais le malheureux vieillard posa une condition : « J'accepte de vous révéler ce que je sais sur la suite de votre entreprise si vous me délivrez de ces abominables bestioles ! » Les Argonautes y consentirent.

Lorsque les démons fondirent sur le vieillard, Calaïs et Zétès, deux héros ailés, se lancèrent à leur poursuite. Cette chasse exténua les Harpyes qui jurèrent de renoncer à leurs attaques.

Phinée apprit alors aux héros une partie des périls qu'il leur restait à affronter :

– Avant d'arriver en Colchide, vous devrez franchir l'étroite passe des Symplégades. Deux rochers mobiles en marquent l'entrée. Ils s'écartent et se rapprochent sans cesse, broyant tout ce qui les sépare. Aucun navire n'a encore réussi à les déjouer. Pour savoir si les dieux vous sont favorables, vous n'avez qu'à lancer une colombe. Si l'oiseau passe sans encombre, vous pourrez le suivre. Sinon, il vous faudra rebrousser chemin. Et maintenant, je vous souhaite une heureuse route !

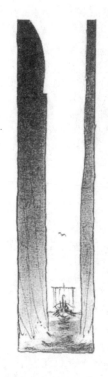

Si près du but, les Grecs espéraient ne pas avoir à faire demi-tour. Ils suivirent à la lettre les conseils du sage devin et se tinrent à l'écart des rochers. L'oiseau s'envola et, soudain, un cri de joie retentit : il avait franchi la passe... en perdant seulement quelques plumes !

À son tour le navire se prépara à s'élancer. Les rameurs rassemblèrent leurs forces en attendant que les rochers s'écartent. Dès que l'espace fut suffisant, ils enfoncèrent d'un seul coup leurs rames dans les vagues. Le navire bondit sur les flots et dépassa les écueils. Aussitôt après, ils entendirent un formidable fracas. Le passage venait de se refermer juste derrière eux, endommageant la poupe comme il l'avait fait de la queue de l'oiseau.

Devant eux s'ouvrait enfin la mer Noire ! Ils la traversèrent en longeant les montagnes du Caucase et arrivèrent en Colchide. C'est avec joie qu'ils saluèrent cette terre pour laquelle ils avaient affronté tant de périls. Pendant que ses compagnons se reposaient, Jason se rendit seul chez Aétès et lui exposa le but de son expédition.

V

LE PRIX DE LA TOISON

Bien qu'il vît d'un mauvais œil une telle entreprise, le roi n'en montra rien. Il fit mine d'accepter en posant cependant quelques conditions :

– Tu pourras emporter la Toison d'or si tu sors vainqueur de deux épreuves. La première consiste à dompter deux taureaux qu'Héphaïstos m'a offerts. Ils n'ont jamais connu le joug[1]. Ensuite, avec leur aide, tu

---

1. Joug, *n. m.* : pièce de bois qu'on met sur la tête des bœufs pour les attacher quand ils tirent une charrue ou une charrette.

cultiveras un champ dans lequel tu auras pris soin de semer les dents d'un dragon. Je ne t'en dis pas plus. Tu découvriras la suite en temps voulu.

Un peu perplexe, Jason reprit le chemin du rivage où il s'apprêtait à passer une nuit de repos avant d'affronter les épreuves. À peine était-il sorti du palais qu'une jeune femme lui fit signe d'approcher.

– Bonjour, Jason. Je suis Médée, la fille du roi. J'ai entendu votre conversation et je t'offre mon aide. Mon père ne t'a pas tout dit : les taureaux crachent du feu par leurs naseaux. Mais je connais un onguent[1] qui te permettra de les affronter sans danger. Ensuite, fais bien attention ! Tu verras des guerriers tout armés de bronze sortir de la terre. Seul contre tous tu n'auras aucune chance. Jette alors une pierre parmi eux. Ils se précipiteront dessus et s'entre-tueront.

---

1. Onguent, *n m.* : sorte de pommade.

Touché par cette offre, Jason lui répondit :

– J'accepte volontiers ton aide. Sans toi, ma perte était assurée. Que puis-je t'offrir en échange ?

Sans hésiter, la princesse lui dit :

– Prends-moi pour femme et emmène-moi en Grèce.

L'air décidé de Médée frappa Jason. Il pensa rapidement qu'elle pouvait lui être utile pendant la traversée du retour. De plus, il n'était pas insensible à sa beauté. Elle-même s'était éprise du héros dès qu'elle l'avait aperçu et son courage l'avait émue. Ils se séparèrent sur des promesses.

Le jour suivant, une foule de spectateurs s'était rassemblée autour du terrain de l'épreuve. Le roi lui-même vint s'asseoir au milieu de ses gardes. Sur son signal, on fit entrer les taureaux aux sabots de bronze. Quand ils virent Jason approcher, ils poussèrent un mugissement qui glaça l'assistance. Le héros leur faisait face. Son corps enduit de l'onguent de la magicienne ne sentait pas la brûlure de leur souffle. Il s'avança vers eux avec autorité. Les taureaux n'avaient pas l'habitude de voir un homme de si près. Aussi restèrent-ils immobiles quand Jason leur flatta l'encolure puis leur passa le joug. Ouf ! Il avait remporté avec succès la première épreuve. La clameur de ses compagnons redoubla son courage.

La peur s'empara des spectateurs.

Une fois attelés, les deux colosses tirèrent la charrue sur le sol vierge de la plaine. Jason prit dans un casque les dents du dragon et les sema dans le champ labouré. Aussitôt, la terre humide donna figure humaine à ces graines. Des guerriers sortirent du sol en brandissant leurs armes contre le héros. La peur s'empara des spectateurs et leur imposa le silence, Médée pâlit et dut s'asseoir. Seul face à une armée entière, Jason ne perdit pas son sang-froid. Il se souvint des conseils... se baissa lentement sans quitter des yeux ses adversaires... saisit une lourde pierre et, brusquement, la lança de toutes ses forces au milieu des ennemis. Leur fureur guerrière se tourna aussitôt contre eux-mêmes et ils périrent sous les coups qu'ils s'infligèrent mutuellement.

Tout le monde félicita à l'envi[1] le vainqueur. Jason réclama au roi la Toison d'or mais, furieux de cette issue, Aétès lui commanda d'aller la chercher lui-même.

Grâce aux herbes magiques de Médée, le héros endormit l'affreux gardien, s'empara de la Toison et retourna précipitamment au navire. Ils embarquèrent aussitôt, emmenant Médée ainsi que son jeune frère Apsyrtos.

Devant la trahison de sa fille, le roi mobilisa ses meilleurs soldats et se lança à la poursuite des Grecs. Il était sur le point de les rattraper, quand Médée mit à exécution un plan cruel destiné à faire cesser la poursuite. Elle attira son frère à l'arrière du

1. À l'envi, *loc. adv.* : à qui mieux mieux.

navire et l'égorgea. Après l'avoir découpé en morceaux, elle le jeta dans la mer. Le malheureux père s'attarda à rassembler les débris de son fils et se laissa distancer. Le navire Argo fila alors à vive allure vers la Grèce.

La traversée fut encore jalonnée de dangers. Et certains y perdirent la vie. Ils découvrirent des côtes inexplorées et des routes nouvelles et chaque fois marquèrent leur passage d'un temple ou d'une statue consacrés à une divinité qui les avait protégés.

Enfin, quatre mois après leur départ, le navire entra dans le port d'Iolcos. L'expédition terminée, les Argonautes se séparèrent. Chacun reprit sa route en quête d'autres aventures.

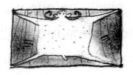

VI

UNE ÉPOUSE DANGEREUSE

JASON présenta donc au roi la Toison d'or, qui lui permettait désormais d'obtenir le trône. Pélias, qui se faisait vieux, fut obligé d'accepter. Cette récompense méritée ne suffisait cependant pas au héros qui n'avait pas oublié l'exil de son père... Pour l'aider dans sa vengeance, Médée usa alors de ses pouvoirs magiques.

Depuis son arrivée à Iolcos, l'astucieuse magicienne avait su gagner la confiance des filles de Pélias. Au cours d'une conversation, elle leur révéla qu'elle pouvait rajeunir n'importe quelle créature. « Chère Médée, lui demandèrent les jeunes filles, saurais-tu accomplir un tel prodige sur notre père chéri ? Nous sommes tellement tristes de le voir vieux et proche de la mort ! » Médée se fit encore un peu prier puis se soumit à leur volonté. Elle tenta tout d'abord l'expérience sur un vieux bélier. Dans un chaudron, elle mit à bouillir de l'eau avec des herbes magiques, puis y plongea l'animal qu'elle avait préalablement coupé en morceaux. Le miracle se produisit alors ! De l'écume bouillonnante surgit un charmant agneau, qui se mit à bêler. Les jeunes filles émerveillées applaudirent Médée et la pressèrent d'en faire autant avec Pélias.

– C'est à vous à présent de rajeunir votre père. Vous n'avez qu'à répéter exactement mes gestes.

Alors, elles se rendirent fébrilement dans la chambre de leur père endormi.

Le chaudron était prêt et les herbes répandaient déjà leur parfum dans le palais. Mais, hélas ! le prodige n'eut pas lieu. Les morceaux sanguinolents du vieux roi eurent beau bouillir dans l'eau fumante, rien ne se passa. Les malheureuses se rendirent compte de leur méprise et se déchirèrent la poitrine de désespoir.

Quant à Jason, il félicita Médée mais, en lui-même, il commençait à s'inquiéter des pouvoirs terribles de la magicienne... Les époux n'eurent guère le temps de profiter de cette victoire, car les citoyens d'Iolcos, horrifiés par un tel crime, les chassèrent de leur ville et ils durent se réfugier à Corinthe.

Leur mère était une Barbare !

Pendant dix années, ils vécurent heureux à la cour du roi Créon et Médée donna deux fils à son époux. Mais une idée tracassait Jason. Ses fils ne pourraient jamais être rois car leur mère était une Barbare[1]! Il devait en concevoir d'autres, si possible avec une princesse de sang grec. Créüse, la fille du roi de Corinthe, semblait toute désignée pour ce rôle.

Jason répudia Médée et s'apprêta à épouser Créüse. Folle de jalousie et de douleur, l'épouse délaissée machina la vengeance la

---

1. Barbare, *n.* : étranger, ère. Pour les Grecs et les Romains, tous les autres peuples étaient des Barbares, parce qu'ils ne parlaient pas la même langue qu'eux.

plus terrible. Elle fit parvenir à la fiancée une robe enduite d'un poison. À peine l'eut-elle revêtue que la princesse périt en d'abominables souffrances. Le feu qui la consuma s'étendit au palais et causa la mort du roi. Décidée à perdre tout ce qui entourait son époux ingrat, Médée assassina ses propres enfants. Elle abandonna la ville désolée par ses crimes et quitta à jamais la région, sur un char attelé à des dragons ailés.

Quant à Jason, une triste vie l'attendait pour prix de sa trahison. Un jour qu'il marchait sur la plage près de son cher navire qui lui rappelait un heureux temps, une vieille prophétie se réalisa. On lui avait prédit que son navire causerait sa perte. Ayant survécu aux périls de l'expédition, Jason pensait être désormais à l'abri de cette menace. Il eut le temps de lever les yeux pour apercevoir le mât s'abattre sur lui. Ainsi s'acheva l'histoire d'un des plus grands aventuriers.

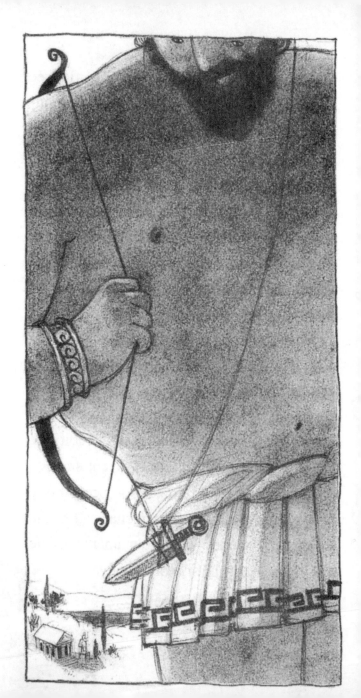

*Héraklès était
un demi-dieu.*

LES EXPLOITS D'HÉRAKLÈS

2

Héraklès fut le héros le plus populaire de la Grèce. Il rendit de grands services aux hommes en les débarrassant de monstres qui causaient de nombreux ravages. C'est pourquoi les Grecs, reconnaissants, ne cessèrent de célébrer ses exploits.

Il suffisait de le voir pour connaître sa puissance : sa taille était colossale. Cette stature hors du commun, il la tenait de son père. En effet, Héraklès était fils de Zeus et d'une mortelle, Alcmène. C'était donc un demi-dieu.

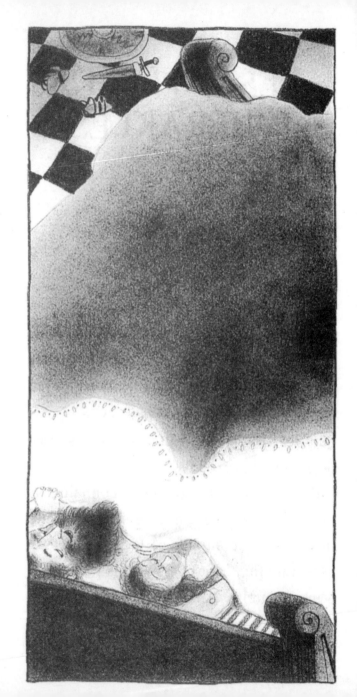

*Héraklès était
fils de Zeus
et d'Alcmène.*

I

Le Fils de Zeus

Une nuit, Zeus s'était uni à Alcmène en prenant l'apparence de son époux Amphitryon. Ce dernier était parti combattre les Téléboens, des ennemis de Thèbes. Précédant d'un jour le retour du guerrier, le dieu endormit la méfiance de la jeune femme en lui narrant ses exploits militaires. Alcmène était tellement heureuse de le retrouver qu'elle se laissa facilement abuser. Elle s'unit à Zeus et en conçut un fils.

Au matin, son compagnon avait disparu.

Quand Alcmène vit arriver le véritable Amphitryon, elle sut qu'un dieu l'avait trompé. Fondant en larmes, elle avoua tout à son mari qui accueillit la nouvelle de mauvaise grâce.

La nuit suivante, il s'unit à son tour à sa femme et lui donna un second fils... Quelques mois plus tard, les Thébains apprirent la naissance de deux jumeaux fort différents. L'un, Iphiclès, ne cessait de pleurer à la moindre émotion, tandis que le second, Héraklès, semblait n'avoir peur de rien. Il ne tarda pas à donner une preuve de son sang-froid.

Héraklès semblait n'avoir peur de rien.

Si Alcmène s'était laissé berner par la transformation de Zeus, Héra, son épouse, ne s'y trompa point. L'enfant avait à peine six mois qu'elle cherchait déjà à lui nuire pour se venger de l'infidélité de son époux.

Une nuit, elle plaça deux énormes serpents dans le lit des jumeaux. Iphiclès se mit à hurler. Le jeune Héraklès saisit aussitôt les deux monstres et serra de toutes ses forces. Entre-temps, toute la maison avait été réveillée par les cris de l'enfant et Amphitryon bondit hors de sa chambre, l'épée au poing, suivi de sa femme tremblante de peur.

Le spectacle qu'il découvrit le cloua sur place : à côté d'Iphiclès en larmes, son frère, sans manifester la moindre frayeur, tenait dans chaque main les reptiles inertes. Alcmène étouffa un cri et se précipita vers ses enfants. Amphitryon fut alors convaincu qu'Héraklès était le fils d'un dieu !

II

L'Enfance d'un héros

Avec les années, sa force devint stupé-
fiante, mais il ne parvenait pas toujours à la
contrôler. Tandis que son frère se montrait
docile et appliqué, Héraklès se révéla un
enfant fort indiscipliné. Les maîtres chargés
de son éducation étaient souvent obligés de
le rappeler à l'ordre. Linos, qui lui enseignait
la musique, tenta même de le corriger. Mais
Héraklès ne se laissa pas faire. Il saisit un
tabouret et le lança si fort qu'il tua son
maître. Quand on l'accusa de meurtre, il

Personne n'aurait pu le défier !

plaida la légitime défense et échappa ainsi de peu à une terrible correction.

Peu rassuré par les accès de colère de ce fils turbulent, Amphitryon l'envoya parfaire sa formation à la campagne. Les prés et les bois étaient plus propices à son épanouissement. Là, il apprit le maniement de l'arc et des armes et livrait ses journées a de longues chasses. Il devint rapidement un habile archer et un lutteur hors pair. Personne n'aurait pu le défier à la course ! Aussi n'hésitait-il pas à se mesurer aux bêtes les plus puissantes et les plus rapides.

Au retour d'une de ses longues promenades, il croisa un jour une troupe d'hommes qui marchaient d'un pas vif. Héraklès s'enquit du but de leur marche. Le regardant à peine, les hommes lui répondirent avec arrogance :

– Nous sommes les envoyés d'Erginos, le puissant roi d'Orchomène. Comme chaque année, nous allons réclamer aux Thébains le tribut[1] qu'ils nous doivent. Ne nous retarde pas !

Pour ne pas les laisser dépouiller sa cité d'origine, Héraklès leur infligea une cruelle leçon. Avec son épée, il leur coupa le nez et les oreilles, les enfila sur une corde et la leur attacha au cou.

Quand il vit l'outrage qu'on leur avait infligé, Erginos envoya son armée contre Thèbes. Elle n'eut pas le temps d'arriver jusqu'au mur de la ville : vaincu par Héraklès, Erginos fut contraint de verser aux Thébains un tribut double de celui qu'il recevait.

Pour le récompenser de cette intervention qui soulageait son peuple d'une lourde charge, le roi de Thèbes, Créon, lui donna sa fille Mégara en mariage. Il en eut plusieurs enfants, mais le destin ne lui permit malheu-

---

1. Tribut, *n. m.* : impôt payé par un État (ou une cité) à un autre.

reusement pas de connaître longtemps le bonheur familial. Il semble que sa vie était vouée à de continuelles épreuves et lui-même n'était pas étranger à ce choix.

III

UNE VIE D'ÉPREUVES ET DE GLOIRE

QUELQUES années plus tôt, tandis qu'il se promenait sur les sentiers rocailleux du Cithéron, deux femmes l'arrêtèrent. Elles se présentèrent à lui. L'une s'appelait Plaisir, l'autre Vertu. Chacune lui proposa une route différente. La première lui offrit la facilité d'une vie consacrée aux réjouissances. L'autre, à la mine sévère, lui présenta un chemin plus pénible, semé d'épreuves, mais promis à la plus grande gloire. Préférant les combats aux loisirs, le héros choisit de

suivre celle qui avait parlé en dernier. Il connut donc la vie difficile des héros.

Héra, qui le poursuivait de sa haine, ne manqua pas de l'éprouver. Un jour, elle ordonna au démon de la folie de le piquer de son aiguillon. Le héros fut pris d'une rage soudaine et devint méconnaissable. Les yeux révulsés et la bave aux lèvres, il parcourait, un arc à la main, les pièces de la maison pour tuer ses enfants. Les petits, terrifiés par les cris de leur père, s'étaient réfugiés près de l'autel. Héraklès les y dénicha et, sans respecter ce lieu sacré, les transperça d'une flèche. Devant cet abominable carnage, Athéna décida d'intervenir. Elle lui frappa la poitrine d'un coup qui le plongea dans un profond sommeil. La consternation et la douleur avaient envahi le palais endeuillé.

À son réveil, le malheureux père recouvra sa lucidité. Quand il apprit son crime, son visage se tordit de désespoir et la troupe de ses fidèles serviteurs suffit à peine pour rete-

nir l'épée qu'il voulait se plonger dans le
cœur.

Après ce malheur, il n'osait plus paraître
devant Mégara. Il décida donc de quitter
cette maison dans laquelle il avait versé le
sang sans le vouloir. Un matin, il prit la
direction de Delphes pour interroger l'oracle.
Le dieu lui indiquerait comment expier son
crime. La Pythie répondit :

– Tu devras servir le roi de Tirynthe pendant douze années pour te purifier de cette
souillure.

Fort de cette réponse qui l'obligeait à devenir l'esclave de son cousin Eurysthée,
Héraklès reprit la route du Péloponnèse. Il
allait passer sa vie sur les chemins et affronter
sans cesse de nouvelles épreuves.

Eurysthée ne fut pas mécontent d'avoir un
héros si vaillant à son service. Héraklès arrivait au bon moment. Le souverain ne manquait pas d'idées pour le mettre à l'épreuve :
il lui ordonna d'accomplir douze travaux !

*Héraklès
se dota d'une
arme nouvelle
pour combattre
le fauve.*

IV

Contre les monstres du voisinage

Le Lion de Némée, l'Hydre de Lerne,

le Sanglier d'Érymanthe

Pour commencer, le roi l'envoya à Némée, une contrée voisine de Tirynthe.

Il y avait là, disait-on, un lion sanguinaire qui ravageait le pays, massacrant les hommes et décimant les troupeaux. Personne n'osait l'affronter. Alors qu'il se dirigeait vers la tanière du fauve, Héraklès eut l'idée de se doter d'une nouvelle arme pour le combattre. Son cousin l'avait mis en garde contre l'épaisseur exceptionnelle de sa peau : aucune arme ne pouvait l'entailler. Avisant en chemin une souche au bois serré, le héros s'en fit une massue si haute et si large qu'il était le seul à pouvoir la manier.

Il poursuivait sa route en gravissant une pente rocailleuse quand un terrible rugissement retentit autour de lui. Le sol se mit à trembler et, soudain, un lion énorme surgit entre les rochers.

Aussitôt le héros banda son arc et lui décocha une flèche qui aurait pu transpercer un arbre... mais elle ne fit que ricocher sur le cuir épais ! Lorsque le fauve arriva à sa hauteur, il dégaina son épée. La lame glissa comme sur une paroi rocheuse et entama à peine le pelage. Il ne restait plus que la massue ! Héraklès eut juste le temps de s'en saisir à deux mains pour assener un formidable coup au monstre qui s'élançait à nouveau. La bête chancela, puis regagna sa tanière.

Le héros ne lui laissa pas le temps de se remettre. Décidé à l'abattre à mains nues, il pénétra dans l'antre et la chercha dans l'obscurité. Il sentit bientôt l'haleine du fauve tout près de lui. Il bondit et lui enserra l'encolure d'un bras vigoureux. Le lion se débattait violemment, mais le héros tenait bon. Un dernier soubresaut, un dernier claquement de mâchoires, puis plus rien. Étouffé, le monstre s'écroula.

Étouffé, le monstre s'écroula.

Héraklès entreprit alors de découper la peau du fauve pour la rapporter comme trophée de victoire. Il cherchait un moyen de lui entamer le cuir quand il eut l'idée d'utiliser une des propres griffes de l'animal. À l'aide de cet outil, il réussit à le dépecer. Sa besogne achevée, il se couvrit de cette peau de lion dont les pattes lui pendaient sur la poitrine.

À peine rentré à Tirynthe pour annoncer la réussite de cette première épreuve, il fut renvoyé non loin de là, à Lerne. Eurysthée avait

appris qu'une bête immonde semait la panique dans le voisinage. Il demanda à Héraklès de l'en débarrasser.

Près d'un marais fangeux[1] et sinistre, la déesse Héra avait élevé un monstre à l'aspect rebutant pour éprouver la bravoure d'Héraklès. Son corps de serpent se terminait par neuf têtes terrifiantes. D'une gueule baveuse, chacune exhalait entre de longs crocs une haleine mortelle pour quiconque la respirait. L'hydre, car tel était son nom, rampait sournoisement entre les roseaux et broyait le corps de ses victimes dans l'étreinte fatidique[2] de ses anneaux.

Accompagné de son neveu Iolaos, Héraklès se rendit en char à l'endroit où sévissait l'horrible créature. Les deux compères virent s'agiter les roseaux à leur

---

1. Fangeux, *adj.* : boueux, trouble. Ici, au sens figuré, répugnant.
2. Fatidique, *adj.* : qui marque une intervention du destin ; contre lequel on ne peut rien faire.

approche... Tout à coup, un sifflement aigu zébra l'air fétide[1]. Neuf têtes se dressèrent au-dessus des marais, dardant sur les deux hommes un regard féroce. Traversant les eaux boueuses, le monstre se dirigeait droit vers eux. Héraklès sauta alors du char et demanda à son neveu de se tenir à l'écart.

Il fit face à la bête, tenant son épée à bout de bras pour atteindre les têtes. Il en tailla une, puis une deuxième qui tombèrent lourdement près de lui. Mais à leur place, aussitôt, une autre repoussait ! À mesure qu'il les coupait, elles renaissaient des plaies sanglantes. Il se demandait comment venir à bout de ce monstre immortel.

Alors qu'il commençait à se fatiguer à force de donner des coups, il appela Iolaos à son aide. Son neveu enflamma les arbres d'une forêt voisine. Héraklès tranchait et Iolaos, après lui, appliquait les branches cal-

Neuf têtes se dressèrent.

---

1. Fétide, *adj. :* qui a une odeur très désagréable.

cinées sur les plaies pour les cautériser[1]. La chair brûlée se refermait, empêchant la naissance d'une nouvelle tête. Cependant, la dernière, au milieu, était immortelle. Une fois tombée à terre, elle restait dangereuse. Héraklès l'enfouit profondément dans le sol et roula dessus un rocher colossal. Après cela, ils grimpèrent tous deux sur le char et

---

1. Cautériser, v. : brûler la chair afin que la plaie cicatrise.

quittèrent à vive allure ces marais infestés. Ils ne ralentirent qu'aux abords de Tirynthe pour entrer en vainqueurs dans la ville.

La vaillance d'Héraklès impressionna Eurysthée. Il accueillit toutefois le héros avec froideur.

– Certes, tu as remporté ces deux premières épreuves avec succès. Mais cela n'est qu'un début, car d'autres travaux plus difficiles encore t'attendent. Pas de temps à

perdre ! Un énorme sanglier s'est retranché sur l'Érymanthe. Va l'en déloger et rapporte-le ici vivant !

En prenant la route, Héraklès se demandait comment il ferait pour neutraliser un tel animal sans le tuer. Les villageois l'avaient prévenu : ses défenses étaient si tranchantes qu'elles pouvaient lui couper un bras d'un seul coup. N'allait-il pas prendre le risque d'être éventré s'il tentait de le maîtriser comme le lion de Némée ?

Alors qu'il cherchait un moyen de le surprendre, il décela les premières traces de l'animal sur la berge d'une rivière. Son poids devait être considérable car les sabots s'étaient enfoncés profondément dans la boue. Observant les alentours, il découvrit d'autres traces du passage récent de l'animal. Les troncs des arbres étaient lacérés par ses redoutables défenses. À l'affût des moindres indices, le héros continua sa route jusqu'au moment où les traces s'arrêtèrent, au bord d'un champ de neige. Le sanglier avait pris soin de ne pas s'y aventurer de peur de ne plus pouvoir en sortir.

Un grognement sourd se fit entendre derrière un rocher. Avec d'infinies précautions, tel un chasseur aux aguets, le héros le contourna. Tapi sous les fougères, il aperçut à quelques mètres la masse sombre. Héraklès avait repéré l'animal, mais ce dernier ne s'était peut-être pas aperçu de sa présence. Profitant de l'effet de surprise, il surgit des feuillages en poussant de formidables cris et en agitant ses armes. Le sanglier détala droit devant et se précipita dans la neige épaisse. Quelques enjambées suffirent à l'épuiser ; il eut bientôt de la neige jusqu'au cou et dut s'immobiliser. Héraklès n'eut aucun mal à l'approcher. Il le ligota, le chargea sur ses épaules et regagna Tirynthe.

Eurysthée fut si effrayé en le voyant arriver qu'il bondit dans une grande jarre, pla-

cée près de son trône en cas de danger ! Il avait autant peur de l'animal que du héros dont la force venait à bout des pires monstres. Il préféra alors l'éloigner quelque temps et le lança à la poursuite de la biche de Cérynie.

V

PATIENCE ET LONGUEUR DE TEMPS...

LA BICHE DE CÉRYNIE,

LES OISEAUX DU LAC STYMPHALE,

LES ÉCURIES D'AUGIAS

CETTE biche possédait deux qualités particulières. Ses cornes étaient en or et elle se déplaçait avec une telle rapidité qu'elle échappait sans mal à ses poursuivants. La déesse Artémis avait déjà voulu la capturer, mais elle courait toujours et personne ne pouvait l'attraper. Héraklès devait évidem-

ment la rapporter vivante à son oncle ! Après avoir révélé sa bravoure et sa puissance, il allait faire la preuve de sa patience.

Cette chasse dura toute une année. Il affronta les bourrasques de l'automne dans les plaines ventées, il parcourut les flancs enneigés des collines d'Arcadie, il respira les senteurs des lilas au creux des vallées. Il courait toujours derrière elle quand les chaleurs de l'été la forcèrent à ralentir. Profitant de la fraîcheur d'un bois, la biche s'arrêta pour se reposer. Le héros infatigable s'approcha alors en silence et l'enveloppa d'un filet qui la retint prisonnière. Posant son précieux colis sur son épaule, il reprit plus lentement le chemin du retour.

Son cinquième labeur lui réclama aussi plus de ruse que de courage et de force.

Eurysthée l'informa de la présence de milliers d'oiseaux près du lac Stymphale. Ils avaient trouvé refuge dans un bois et s'étaient si rapidement multipliés qu'aucun chasseur n'osait pénétrer sous les arbres. Les branches pliaient sous le poids de ces volatiles agressifs. Ils attaquaient tous ceux qui s'aventuraient dans les parages et n'hésitaient pas eux-mêmes à pousser jusqu'aux champs labourés où ils ravageaient les récoltes et dérangeaient le bétail. Héraklès reçut l'ordre de débarrasser la région de ce fléau par n'importe quel moyen. Facile à dire ! Mais comment faire avec des flèches contre ces troupeaux volants ? Il avait beau être un excellent archer, les munitions disparaîtraient avant les oiseaux.

Sur le chemin qui le menait à leur repaire, une femme majestueuse lui apparut. De lourdes boucles blondes encadraient son visage où brillait un regard vert et bleu. La douceur de ses traits produisait un contraste saisissant avec sa tenue. Sa taille était prise dans une cuirasse en or, sa tête était coiffée d'un casque au panache étincelant et elle

avait une longue lance de bois sombre à la main. La déesse guerrière Athéna se tenait devant lui.

Tu es venu seul à bout des autres épreuves, dit-elle au héros. Maintenant je vais t'aider. Voici un présent fabriqué par Héphaïstos. Il te permettra de chasser les oiseaux.

– Héraklès eut à peine le temps de recevoir des mains de la déesse une paire de castagnettes en bronze ; quand il leva les yeux pour la remercier, elle avait déjà disparu !

Il glissa ses doigts sous la cordelette de soie qui reliait les deux pièces de l'instrument et les claqua l'une contre l'autre. Aussitôt, un bruit métallique retentit, se répercutant en une série de détonations. Ce seul écho jeta l'épouvante chez les oiseaux. Une fois qu'il fut près d'eux, Héraklès renouvela l'opération. La forêt résonna alors d'un vacarme assourdissant. Par centaines les oiseaux quittaient leurs perchoirs. En proie à la panique, ils tournoyaient dans un

*Par centaines,
les oiseaux
quittaient leurs
perchoirs.*

ciel soudain obscurci et le froissement de leurs ailes se mêlait à leurs cris affolés. Enfin, au bout d'un long moment, le silence retomba, avec la nuit, sur la forêt déserte. Les oiseaux ne revinrent jamais.

Le pays entier acclama Héraklès en apprenant leur départ. Jaloux et un peu inquiet de son succès, Eurysthée remarqua que chaque épreuve accroissait le prestige du héros. Il le soumit donc à un travail moins glorieux. Il était son serviteur après tout ! Eurysthée profita de cette situation pour lui confier une tâche ingrate : curer[1] les écuries d'Augias, le roi d'une contrée voisine.

Augias était un roi négligent et paresseux. Son père, le dieu Soleil en personne, lui avait offert de superbes écuries remplies de nombreux chevaux tous admirables. Il espérait que son fils tirerait un bon revenu de

---

1. Curer, v. : nettoyer en raclant.

ce bien. Mais le roi oubliait de les entretenir.

Pendant des années, le fumier s'était entassé dans les allées, formant d'énormes tas qui obstruaient les stalles et atteignaient presque le plafond. Ces écuries empestaient et l'odeur commençait à atteindre le voisinage. On entendait des plaintes. En outre, privée de ce précieux engrais, la terre ne produisait que d'insuffisantes récoltes et la disette guettait les habitants du pays.

Héraklès se présenta au palais et demanda où se trouvaient les écuries. Quand il annonça qu'il comptait les nettoyer en une journée, le roi lui rit au nez.

– Il en faudrait cinquante comme toi pour venir à bout de ces tonnes de fumier, et une semaine y suffirait à peine, crois-moi !

Sans se laisser décourager, le héros se rendit sur les lieux. Non loin de là coulait le fleuve Alphée. Héraklès ne fut pas long à réaliser l'idée qui venait de naître dans son esprit. Il creusa un sillon en direction des

Le roi lui rit au nez.

écuries. Heureusement, le terrain était légèrement incliné dans ce sens. Il interrompit le cours naturel du fleuve à l'aide d'énormes pierres et le dévia. En empruntant cette nouvelle voie, plus étroite et pentue, les eaux redoublèrent d'ardeur. Elles débouchèrent avec force dans les allées des écuries qui furent nettoyées en un clin d'œil. Emporté par le courant, le fumier se répandit dans les champs et vint nourrir la terre.

Voyant qu'Héraklès se tirait des plus humbles labeurs avec brio, Eurysthée décida d'envoyer au loin son cousin dont la gloire lui faisait ombrage.

VI

Au-delà des mers

Le Taureau de Crète,

les Juments de Diomède,

la Ceinture d'Hippolyte

Pour sa septième épreuve, Héraklès dut traverser la mer et se rendre sur l'île de Crète. Le roi Minos comptait dans ses troupeaux un taureau superbe. Des muscles puissants frémissaient sous son pelage lustré et son large front était orné de cornes massives. Il était rare de pouvoir admirer une si belle bête et

Minos n'en était pas peu fier ! Il l'avait obtenu en trompant Poséidon en personne. Le roi avait en effet promis de sacrifier au dieu tout ce qui apparaîtrait sur la mer. Aussitôt Poséidon avait fait surgir des flots ce taureau splendide mais Minos, préférant le garder pour lui, mit une autre victime à sa place sur l'autel. Le dieu, furieux de se voir ainsi lésé, s'était vengé en rendant l'animal enragé.

Depuis, aucun frein, aucune barrière ne pouvaient le contenir. Il errait dans la campagne, chargeant tous ceux qui se trouvaient sur sa route. Terrorisés, les paysans et les villageois n'osaient plus sortir de chez eux, de peur de le rencontrer. Aussi, lorsque Héraklès vint lui réclamer le taureau, Minos ne fut pas mécontent d'être délivré de cette menace. Mais il éprouvait quand même quelque tristesse à voir partir le bel animal.

– Je te permets de le capturer, répondit-il à la requête du héros, mais je ne t'apporterai aucune aide.

Héraklès s'en fut donc à la recherche du taureau. Il ne mit pas longtemps à le trouver. À peine avait-il quitté le palais qu'il vit la bête furieuse prête à charger. Elle grattait farouchement la terre de son sabot et jetait au héros un regard étincelant de rage. ˙ moment où elle s'élança, Héraklès esqu le coup, saisit les cornes et pesa de tout poids sur l'encolure de l'animal. La force héros le força à plier les jarrets. Bientôt naseaux respirèrent la poussière. Héral profita de ce moment de faiblesse pour lier les pattes. Puis il s'embarqua vers la terre grecque avec son prestigieux fardeau.

Eurysthée voulut à tout prix admirer l'animal. Il ordonna qu'on le détachât malgré les avertissements d'Héraklès. Dès qu'on lui eut libéré les pattes, le taureau, d'un violent coup de tête, arracha la corde des mains du bouvier[1] et s'échappa dans la campagne. Sa

---

1. Bouvier, *n. m.* : personne qui garde et conduit les bœufs.

course folle l'entraîna très loin jusque dans les plaines de l'Attique où Thésée, un autre héros, viendrait plus tard pour l'en chasser.

Héraklès ne chercha pas à le rattraper : il préparait déjà une nouvelle expédition et devait se rendre en Thrace, auprès du roi Diomède. Eurysthée ne lui avait rien dit des dangers qu'il encourrait. Des voyageurs ne tardèrent pas à le mettre en garde contre le sort qui l'attendait.

Ce roi possédait quatre juments toutes particulières. Au lieu de brouter l'herbe épaisse des prairies, ces redoutables cavales[1] se nourrissaient de chair humaine. Le roi leur livrait en pâture tous les étrangers qui débarquaient sur ses côtes. Auparavant, il feignait d'offrir à ses hôtes un accueil chaleureux, mais, une fois la nuit tombée, il attendait qu'ils s'assoupissent, les ligotait dans leur sommeil et les portait dans les mangeoires.

---

1. Cavale, *n. f.* : dans le langage poétique, jument de race.

Ces redoutables cavales se nourrissaient de chair humaine.

À son arrivée, Héraklès bénéficia d'une charmante hospitalité mais il n'attendit pas le milieu de la nuit pour se glisser hors de sa couche. Guettant son hôte derrière la porte de sa chambre, il le surprit lorsqu'il allait y pénétrer. Sans avoir eu le temps d'appeler quelqu'un à son secours, Diomède se retrouva bâillonné, ligoté et jeté en pâture à ses juments. Elles ne reconnurent pas leur maître et le dévorèrent à belles dents puis, rassasiées, elles suivirent Héraklès qui les embarqua avec lui.

Elles le dévorèrent à belles dents.

Eurysthée refusa de garder des bêtes aussi dangereuses dans son palais. Il les fit lâcher dans la montagne où elles ne tardèrent pas à être dévorées, à leur tour, par des fauves.

Héraklès n'eut guère le temps de goûter un repos mérité à Tirynthe. Une longue traversée l'attendait.

La fille d'Eurysthée, Admété, souhaitait posséder la ceinture de la reine des

Amazones, Hippolyte. En plus de sa grande beauté, cette ceinture symbolisait le pouvoir, la force et l'autorité. Comme sa fille ne voulait pas démordre de cette idée, le roi envoya Héraklès quérir le précieux objet.

Il s'embarqua avec plusieurs compagnons pour rejoindre les rives lointaines bordant les pentes du Caucase. Les Amazones n'acceptaient aucun homme parmi elles. Elles s'en passaient fort bien et trouvaient elles-mêmes, à la chasse, le gibier nécessaire à leur nourriture. En outre, elles étaient de farouches guerrières et les peuples voisins ne s'aventuraient guère sur leur territoire.

Quand ils débarquèrent sur leur rivage, les Grecs furent accueillis comme des hommes. Le combat s'engagea donc aussitôt. La valeur des héros l'emporta sur la bravoure des Amazones et quand Héraklès s'empara de Mélanippé, une amie proche de la reine, le combat cessa. Une trêve fut conclue, au terme de laquelle on procéda à des échanges.

Mélanippé fut libérée et Hippolyte remit sa ceinture à Héraklès. La vie de son amie valait bien la plus belle des ceintures.

Héraklès venait d'explorer les routes lointaines de l'Orient. Il allait bientôt franchir les limites du monde connu en prenant la direction opposée, la route du lointain Occident.

VII

JUSQU'AU BOUT DU MONDE

LES BŒUFS DE GÉRYON, CERBÈRE,

LES POMMES D'OR DES HESPÉRIDES

AUX confins de la terre habitée paissaient les nombreux troupeaux de Géryon. Orthros, un chien féroce et monstrueux, les gardait. Pour parvenir dans ce pays, la route était longue et ardue. Héraklès choisit de prendre, à l'aller, le chemin du sud. Il fallait traverser le désert brûlant de Libye, puis les passes houleuses de l'Océan.

177

Le héros obligea le soleil à l'aider. Craignant ses flèches puissantes, l'astre solaire l'accueillit à bord de la coupe qui le ramenait d'ordinaire en Orient et accepta de détourner sa course pour conduire Héraklès sur le bord de l'Océan. Là, le héros dut encore menacer le dieu marin pour ne pas être trop secoué pendant la traversée. Malgré les difficultés, la route ne représentait que la toute première partie de l'épreuve.

À son arrivée, il lui fallut affronter le terrible gardien Orthros. D'un coup de massue, Héraklès se débarrassa du chien et du berger, puis s'empara des troupeaux. Avant de partir, pour marquer la limite du monde exploré, il érigea deux colonnes : l'une signalait l'extrémité du continent européen, l'autre, celle du continent africain.

Avec son troupeau, Héraklès parcourut les plateaux et les plaines de l'Espagne, et traversa le sud de la Gaule. Il dut combattre des bandits qui essayaient de lui voler son bétail.

Il redescendit enfin le long de la péninsule italienne, avant d'embarquer pour la Grèce. Jalouse de son succès, Héra perturba la fin de cette expédition : à peine avaient-ils débarqué sur le rivage grec qu'elle lança contre le bétail des essaims de taons. Sous les piqûres, les bêtes affolées se dispersèrent. Héraklès n'en retrouva que quelques-unes, qu'il ramena à Tirynthe. Malgré leur petit nombre, Eurysthée fut satisfait de les compter parmi ses troupeaux.

Les deux dernières épreuves firent connaître au héros les limites du monde humain. Il les franchit pour descendre aux Enfers et en ramener Cerbère, le gardien du Royaume des Ombres.

Sans l'aide d'Hermès, il n'en aurait jamais trouvé l'entrée. Il marcha des jours et des nuits. Au bord de l'Océan s'ouvrait la grotte infernale d'où partait un grand escalier.

La descente dura longtemps. Hermès dut

l'accompagner sur les bords du Styx pour convaincre Charon d'embarquer le héros. Le passeur avait des consignes ! Seuls les morts pouvaient monter sur sa barque. Mais Héraklès n'était pas un homme comme les autres. La preuve : il allait remonter de ce monde d'où personne ne revient. Avant de rebrousser chemin, il poussa cependant jusqu'au palais d'Hadès et de Perséphone. Sur la route, il croisait les ombres des morts qui lui racontaient leur triste fin.

Il finit par trouver les deux souverains de ce royaume souterrain. Il leur adressa la parole avec tout le respect dû à leur rang :

– Auguste Seigneur des Ombres, et toi, son épouse royale, me permettez-vous de ramener avec moi le farouche Cerbère pour satisfaire à la demande de mon maître Eurysthée ?

– Tu es brave, Héraklès, répondit Hadès en souriant. Prends Cerbère avec toi, si tu y parviens, mais n'utilise pas d'armes.

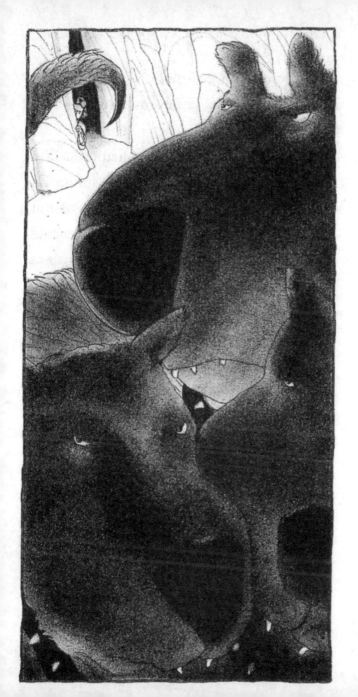

*Le chien
Cerbère se
mit à grogner
méchamment.*

En prononçant ces mots, le Seigneur des Enfers était persuadé que le héros échouerait.

Eurysthée courut se cacher.

Muni de sa seule peau de lion et de sa cuirasse, Héraklès se dirigea vers la sortie. En le voyant rebrousser chemin, le chien se mit à grogner méchamment. Il laissait entrer tout le monde, mais pour sortir, c'était une autre affaire ! Héraklès réussit pourtant à se placer près de son épaule en évitant les crocs de l'animal. Il passa alors son bras autour de son encolure, de manière à neutraliser d'un coup les trois têtes qui aboyaient. Malgré les blessures qu'il lui infligeait avec le dard de sa queue, le héros résistait. Athéna avait enduit son corps d'un baume qui le rendait insensible au poison. Au bout d'un petit moment, le chien fut maîtrisé. Héraklès l'attacha à une corde et le ramena avec lui sur la terre, jusqu'à Tirynthe.

À la vue du monstre, Eurysthée courut se cacher et ordonna qu'il quitte le palais. Ne sachant qu'en faire, Héraklès le ramena à ses maîtres.

Pour mettre un terme à ces douze années de service, le roi de Tirynthe réclama au héros de lui rapporter un bien qui appartenait à la déesse Héra en personne : les pommes d'or que Gaia, déesse de la Terre, lui avait offertes en cadeau de noces. L'épouse de Zeus les avait placées sous la surveillance d'un dragon immortel à cent têtes, dans le jardin des Hespérides. Héraklès releva le défi, mais il ignorait où se situait ce jardin. On finit par lui apprendre qu'il devait se rendre chez les Hyperboréens.

Le trajet emprunté par le héros longeait le pied du Caucase. À son sommet, Prométhée était enchaîné depuis que Zeus l'avait puni pour le vol du feu. Il promit de conseiller Héraklès si ce dernier le délivrait. Aussitôt, le héros gravit la montagne et brisa les chaînes du Titan. Soulagé, ce dernier lui recommanda de ne pas aller cueillir les

Héraklès releva le défi.

pommes lui-même, mais d'en confier la tâche au géant Atlas. Héraklès le remercia pour cette information et reprit sa route.

Arrivé près du jardin recherché, il trouva Atlas, soutenant sur ses épaules la voûte céleste. Il lui proposa de le soulager un moment, en échange de la cueillette de trois pommes d'or. Le géant accepta et revint, peu de temps après, avec les fruits demandés. Seulement il avait pris goût à ces quelques heures de liberté et ne semblait pas pressé de retrouver sa place. Il offrit à son tour de porter lui-même les pommes à Eurysthée. Soupçonnant une ruse et craignant de ne jamais le voir revenir, Héraklès fit mine d'accepter :

— Peux-tu seulement me soulager un instant avant de partir, afin que je glisse un coussin sur mes épaules ?

Atlas ne se méfia pas et s'exécuta. À peine avait-il repris sa charge que le héros s'empara des pommes posées à terre et s'enfuit en adressant un signe d'adieu au géant.

*Héraklès
fit mine
d'accepter.*

En remettant les fruits à Eurysthée, Héraklès s'était acquitté de sa dernière épreuve. Désormais, il était libre. Il repartit à l'aventure, croisa d'autres monstres, affronta de nouveaux brigands et entra même en conflit avec des divinités. Mais il faudrait des jours entiers pour raconter l'ensemble de ses exploits !

Désormais, il était libre !

Sa fin fut particulièrement dramatique, et c'est une femme qui en fut responsable, sans le savoir, la malheureuse !

Elle s'appelait Déjanire et habitait seule, à Calydon, depuis la mort de son frère Méléagre. Héraklès avait rencontré l'ombre de ce vaillant héros quand il était descendu aux Enfers pour en ramener Cerbère. Le récit de sa mort l'avait ému aux larmes et il lui avait promis d'épouser sa sœur.

Accompagné de sa tendre épouse, Héraklès rentrait donc à Tirynthe quand un fleuve leur barra la route. Seul, le héros aurait pu traverser sans difficulté, mais il cherchait un passage pour sa compagne. À ce moment, le centaure Nessos leur proposa son aide. Pendant qu'Héraklès gagnerait l'autre rive à la nage, il prendrait Déjanire sur son dos. Ils acceptèrent avec joie et le remercièrent. Mais au beau milieu du fleuve, Nessos chercha à profiter de la situation. Il était seule avec cette jeune femme impuissante et entreprit d'abuser d'elle.

Les cris de son épouse attirèrent l'attention d'Héraklès. Il décocha au ravisseur une de ses flèches empoisonnées avec le sang de l'hydre de Lerne. Blessé à mort, le centaure fit semblant de se repentir :

— Pour me faire pardonner, dit-il à Déjanire en expirant, je voudrais te donner un conseil. Prends un peu de mon sang et conserve-le précieusement. Il te servira de philtre d'amour pour ranimer l'ardeur de ton époux. Dès qu'il te semblera moins amoureux, offre-lui un vêtement que tu auras trempé dans mon sang, et ton époux redeviendra l'amant des premiers jours !

Déjanire ne se méfia pas de ce cadeau empoisonné.

Quelques années plus tard, elle eut à éprouver l'efficacité redoutable du remède. On racontait qu'Héraklès était tombé amoureux de la princesse Iole. Déjanire lui envoya aussitôt une tunique baignée du sang de Nessos. Le héros apprécia le présent mais, dès qu'il l'eut revêtu, le poison contenu dans le philtre se réveilla. Le tissu s'enflamma au contact de sa peau et un feu ardent se mit à lui consumer les chairs. La souffrance devenait intolérable. Héraklès essaya d'arracher l'étoffe. En vain ! Un lambeau de peau partait avec. Personne ne pouvait lui venir en aide. Seule la mort le délivrerait de ce supplice.

Le poison se réveilla.

Le héros trouva encore la force de ramasser du bois dont il fit un tas. Chaque effort lui arrachait un gémissement. Il s'effondra sur ce bûcher improvisé et, dans un souffle, ordonna à ses serviteurs d'y mettre le feu. Les malheureux étaient partagés entre le désir d'interrompre les souffrances de leur maître et la peine de le voir disparaître. Comme il hurlait qu'on le soulage, ils s'exécutèrent. Une haute flamme embrasa le bois sec. Sous l'effet du poison, le feu crépitait violemment. Le bûcher se consuma et le corps disparut dans le brasier.

Les dieux qui assistèrent à cette triste fin voulurent récompenser la bravoure exceptionnelle du héros. Ils l'accueillirent auprès d'eux dans l'Olympe et en firent une divinité. L'homme était mort, mais le dieu vivait dans les cieux.

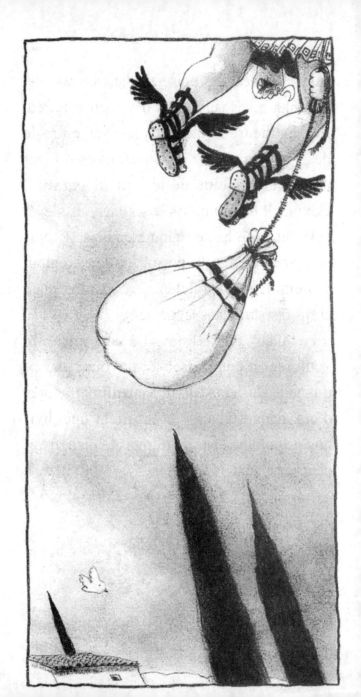

*Il s'envola
vers le site où
se reposaient
les Gorgones.*

PERSÉE
L'ARGIEN

3

I

Une pluie féconde

Dès sa naissance, Persée fut exposé aux dangers. Son grand-père, le roi Acrisios, cherchait à le perdre, car un oracle lui avait annoncé qu'il serait tué par le fils de sa fille. Il avait pourtant tout mis en œuvre pour empêcher l'existence de cet enfant maudit !

Il avait fait construire une chambre d'airain[1] dans une haute tour du palais d'Argos pour y enfermer sa fille Danaé.

---

1. Airain, *n. m.* : bronze.

Seule une vieille nourrice pouvait la voir pour lui porter à manger. Les murs et les portes étaient infranchissables pour des hommes, mais pour Zeus, c'était de la rigolade ! Il pénétra dans la chambre close, par une fente du toit, sous la forme d'une pluie d'or. La jeune fille l'accueillit et lui offrit son amour.

De cette union clandestine naquit Persée. On réussit à cacher au roi l'existence du nouveau-né, pendant quelque temps du moins... mais un jour, alerté par des pleurs, Acrisios se rendit à la tour.

Quelle ne fut pas sa surprise, puis sa fureur ! Il refusa de croire à la fable d'une intervention divine. Persuadé de la complicité de la nourrice, il la fit exécuter. Les larmes de sa fille le retinrent de supprimer l'enfant, mais il l'enferma avec sa mère dans un coffre de bois et jeta le tout à la mer.

II

BELLE PÊCHE !

LE destin se montra plus clément qu'Acrisios : l'embarcation fut rejetée par les vagues sur les côtes de l'île de Sériphos, où, ce soir-là, Dictys ramenait ses filets. Qu'ils étaient lourds ! Pas étonnant avec ce gros coffre en bois ! Il l'ouvrit sur-le-champ en s'attendant à trouver un trésor, mais au lieu de pièces et de bijoux, il découvrit une charmante jeune fille et un bébé affamé ! Il leur offrit aussitôt son toit et sa protection.

Polydectès, son frère, qui régnait sur l'île,

lui rendit un jour une visite de courtoisie. Dès qu'il vit Danaé, il conçut pour elle une passion ardente. Mais Persée, qui avait grandi, veillait désormais sur sa mère, et le roi comprit que, tant que son fils serait à ses côtés, il ne pourrait rien tenter. Heureusement pour lui, l'occasion de l'éloigner se présenta.

Le roi avait réuni des convives dans son palais pour une grande fête et Persée avait été invité. Chacun promit au roi de somptueux cadeaux. Le jeune homme proposa de lui donner la tête d'une Gorgone. Polydectès ne dit rien sur le moment, mais le lendemain il vint trouver Persée :

– Il me semble t'avoir entendu me promettre un présent exceptionnel. Quand donc le recevrai-je ?

Pris à ses propres mots, Persée dut s'exécuter. Il prit congé de sa mère qui l'embrassa tendrement en lui recommandant la prudence, et partit à la recherche de la Gorgone.

III

POUR LES YEUX D'UNE GORGONE

RIEN qu'à l'entendre, ce nom donnait des frissons ! Il désignait trois affreuses créatures, Sthéno, Euryalé et Méduse. Des centaines de serpents grouillaient autour de leur tête énorme et une grimace terrifiante leur déformait la face. Deux d'entre elles étaient immortelles. Persée décida donc de s'attaquer à la troisième, Méduse. Mais la tâche n'était pas aisée : d'un regard elle vous transformait en pierre !

Le jeune homme alla chercher conseil

auprès des filles de Phorcys. Celles-là aussi étaient vraiment laides, mais elles étaient utiles au moins ! Persée n'obtint pas facilement les renseignements qu'il voulait car elles refusèrent tout d'abord de le satisfaire. Il fallut ruser. Comme les trois vieilles possédaient à elles toutes un seul œil et une seule dent qu'elles se partageaient à tour de rôle, Persée les leur prit et menaça de les jeter à la mer. Il fut aussitôt informé :

– Tu trouveras auprès des Nymphes les instruments nécessaires à ta victoire. Elles ont des sandales ailées qui te permettront d'aller plus vite, une besace[1] pour ranger la tête de la Gorgone et un casque offert par Hadès qui rend invisible celui qui s'en coiffe. Elles te les remettront volontiers si tu promets de les leur rapporter.

En plus des présents qu'il obtint des

---

1. Besace, *n. f.* : sac long, ouvert par le milieu et dont les extrémités forment deux poches.

Nymphes, Persée reçut aussi, d'Hermès, une serpe à la lame dure et tranchante et, d'Athéna, un large bouclier en bronze poli. Une fois paré, il chaussa ses sandales, empoigna sa besace et sa serpe, et s'envola vers le site où se reposaient les Gorgones.

En chemin, il put observer les traces de leur passage : des hommes et des animaux de pierre bordaient la route. Soudain, une concentration importante de statues attira son attention. Elles formaient un cercle au centre duquel il trouva les Gorgones endormies.

Il descendit doucement vers elles en prenant soin de leur tourner le dos. Pour se repérer, il suivait sur le bouclier le reflet de son chemin. Méduse bougea. Peut-être l'avait-elle senti approcher ? Il n'hésita pas une seconde. Le poing serré sur le manche de la serpe, il lança son bras en arrière et lui trancha la gorge d'un coup sec. Sans quitter le bouclier des yeux, il attrapa au vol la chevelure serpentine et fourra la tête dans sa besace. Il se produisit alors quelque chose d'étonnant : du sang de Méduse naquit un cheval ailé qui s'envola aussitôt dans les airs. Persée n'eut guère le temps d'admirer Pégase car les deux autres Gorgones se réveillèrent. Elles cherchèrent autour d'elles le responsable du carnage, mais il était invisible grâce au casque d'Hadès et s'éloignait déjà à toute allure.

En quelques battements d'aile, il survola plusieurs pays. Il longeait les côtes de l'Éthiopie, quand il aperçut une forme blanche contre un rocher battu par les flots.

IV

ANDROMÈDE ET LE MONSTRE

En se rapprochant, Persée distingua la silhouette d'une jeune fille légèrement vêtue. Il aurait pu la confondre avec une statue, si des larmes ne mouillaient son visage désolé. Ses traits émurent le héros : plus il la regardait, plus il sentait monter en lui une émotion inconnue... Il descendit auprès d'elle et lui demanda :

– À quel sort cruel es-tu vouée pour subir ainsi l'assaut des vagues et les coups du vent ?

La jeune fille, gênée d'être vue dans cet accoutrement, lui répondit timidement :

– Je paye la fierté de ma mère. Elle s'est vantée d'être plus belle que les Nymphes marines, filles de Poséidon. En réponse, le dieu a envoyé un monstre ravager les côtes. et c'est moi qu'on offre en sacrifice pour apaiser sa colère.

Persée lui promit alors de la délivrer si elle acceptait de l'épouser.

À peine eut-il obtenu son consentement qu'il entendit une vague gigantesque se fracasser contre les rochers. La mer s'était fendue sous le large poitrail d'une bête monstrueuse qui avançait droit vers sa victime, la gueule grande ouverte. Persée fit volte-face pour s'interposer. Au même moment, les rayons du soleil couchant projetèrent son ombre sur les rochers. Le monstre fut distrait par ce nouvel agresseur qu'il essaya en vain d'attraper. Il s'épuisait à traquer une simple image quand Persée fondit sur lui et enfonça

son épée entre les écailles du reptile. Blessé à mort, il disparut dans les profondeurs, tandis que le héros vainqueur allait délivrer Andromède.

La pauvre jeune fille, qui avait perdu connaissance, se réveilla dans les bras de Persée. Peu de temps après, elle l'épousa et ses parents eurent la joie de célébrer à la fois la délivrance et le mariage de leur fille unique. Après la cérémonie, le couple regagna Sériphos où le désordre s'était installé pendant l'absence du héros. Polydectès, en effet, avait cherché à abuser de Danaé. Persée voulut le punir : il exhiba sous ses yeux l'horrible tête de Méduse et aussitôt le roi fut transformé en pierre. Quand le calme fut rétabli, le jeune homme prit le chemin de sa ville natale avec son épouse.

Le roi fut transformé en pierre.

Ils s'arrêtèrent en route dans une ville en fête et, comme Persée était un excellent athlète, il participa aux jeux. Parmi les spectateurs se trouvait Acrisios : informé du retour du héros, il avait quitté Argos. Quand ce fut son tour, Persée lança un disque qui vint heurter le vieillard à la tempe et le tua net. La funeste prophétie venait de se réaliser malgré les efforts du roi ! Le héros en fut chagriné et lui offrit de splendides funérailles avant de s'installer sur le trône d'Argos.

*Thésée était
face au
Minotaure.*

THÉSÉE
L'ATHÉNIEN

4

UNE ENFANCE EN EXIL

THÉSÉE vit le jour à Trézène où avaient fui ses parents. Son père, Égée, était roi d'Athènes, mais ses neveux les Pallantides espéraient bien lui succéder sur le trône. Comme son fils, l'héritier légitime du pouvoir, se trouvait menacé, il avait décidé avec son épouse Aethra de ne rien dévoiler de cette naissance et de cacher l'enfant en attendant qu'il grandisse. Avant de retourner seul à Athènes, il emmena Aethra à l'écart de la ville :

– J'ai caché sous ce roc une paire de sandales et une épée marquée du sceau de la famille. Quand notre fils sera en âge de combattre, indique-lui cet endroit. S'il est assez fort pour le déplacer et les récupérer, il sera mon digne héritier.

Thésée grandit sans savoir qu'il était promis à un si grand destin. Quand il fut devenu un jeune homme vigoureux, sa mère lui révéla l'emplacement des signes de sa reconnaissance. Le jeune homme s'était exercé à la lutte et avait développé une carrure d'athlète. Doué d'une force prodigieuse, il réussit sans peine à trouver les sandales, qu'il chaussa, et l'épée, qu'il accrocha à sa ceinture :

– Je pars à Athènes, dit-il à sa mère, me présenter au roi, mon père. Je veux qu'il trouve en moi un digne successeur.

À ces mots, Aethra reconnut dans son fils toute la vaillance de son époux. Elle le recommanda aux dieux et le laissa partir. Thésée avait environ seize ans quand il prit le chemin de l'Attique.

Pour atteindre la cité où régnait Égée, le héros devait passer par l'isthme[1] de Corinthe, infesté de bandits et de grands criminels. L'annonce des dangers qui l'attendaient ne modéra pas son ardeur.

Il traversa, pour commencer, la région d'Épidaure où sévissait Périphétès : posté à la sortie des remparts, ce brigand assommait les passants avec une massue d'airain. Il s'apprêtait à frapper Thésée quand celui-ci, averti, saisit l'arme au vol et l'abattit sur la tête de son adversaire. Cette réponse vigoureuse découragea les malfaiteurs des environs.

Son deuxième adversaire, Sinis, occupait ses journées en écartelant les voyageurs. Il courbait deux pins jusqu'au sol, attachait un pied et un bras de sa victime au sommet du premier arbre, l'autre pied et l'autre bras au deuxième arbre, et hop ! il lâchait tout. Les

---

1. Isthme, *n. m.* : langue de terre resserrée entre deux mers ou deux golfes.

arbres se dressaient brusquement et déchiraient le malheureux. Quand Thésée arriva, il lui demanda de l'aider à courber un pin. Le héros accepta, mais quand le sommet toucha le sol, Thésée s'empressa de le lâcher en premier. Sinis fit alors un vol plané qui le laissa tout étourdi. Thésée n'eut aucun mal à l'attacher à deux arbres et à lui infliger le sort des malheureux voyageurs. Sinis fut ainsi le dernier à éprouver son propre supplice.

Thésée était presque arrivé à Athènes, quand il fut accueilli près d'Éleusis par un hôte étrange : Procuste avait pour manie de coucher ses invités dans un lit à la taille duquel il les adaptait : quand les pieds dépassaient, il les coupait, quand les jambes étaient trop courtes, il les allongeait. Prévenu de cette pratique cruelle, Thésée se tint sur ses gardes. Il laissa le brigand l'approcher, puis le saisit à bras-le-corps et lui fit subir le même sort.

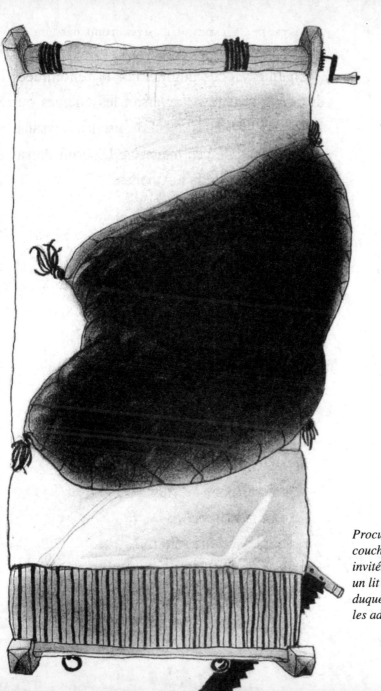

*Procuste
couchait ses
invités dans
un lit à la taille
duquel il
les adaptait.*

Chaque succès augmentait la renommée du héros. Quand il traversait les villages ou les champs, il était acclamé par les paysans enfin libérés de ces menaces. Le bruit de sa bravoure le précéda à Athènes.

II

D'ÉMOUVANTES RETROUVAILLES

Lorsque Thésée entra dans la ville, le récit de ses exploits était déjà parvenu jusqu'au roi. Égée s'effraya de la valeur d'un étranger qui pouvait lui ravir lc pouvoir. Médée, réfugiée depuis peu à Athènes auprès du roi, le conforta dans cette idée. Elle voulait le trône pour le dernier de ses fils et l'arrivée d'un héritier dérangeait ses plans ! Aussi imagina-t-elle de le supprimer.

Elle fit servir à Thésée une coupe de vin empoisonné. Complice de cette tentative, sans savoir que la victime était son fils, Égée lui tendit personnellement le poison. Son hôte était sur le point de le prendre, quand le roi reconnut sur le pommeau de son épée l'emblème de la famille. Il comprit tout de suite la machination de Médée et la chassa d'Athènes.

Dans les heures qui suivirent, le père n'eut pas assez de mots tendres pour accueillir dignement son fils et le féliciter de ses premiers succès. À cette occasion, Thésée sacrifia à Athéna le taureau furieux qui errait dans les plaines de Marathon.

Cependant, au beau milieu de la fête, Égée gardait un visage sombre. Son fils le remarqua et l'invita à ne rien lui cacher :

– Tu semblais si content tout à l'heure ! Quel chagrin te préoccupe ? Est-ce le départ de la magicienne ?

Égée hocha la tête tristement :

– Non, mon fils, de plus graves soucis me torturent. Un triste anniversaire se prépare :

comme tous les neuf ans, Athènes doit verser le tribut de sept jeunes filles et de sept jeunes gens au roi de Crète, Minos. Son fils Androgéos a été tué près de chez nous par le taureau de Marathon et il nous en rend responsables. Nous payons pour éviter une guerre meurtrière.

L'intrépide héros réagit :

– Eh bien, mon père, je ferai partie de ce tribut, et ce sera le dernier !

Égée tenta en vain de l'en dissuader. Il venait de retrouver son fils unique et il ne voulait pas s'en séparer si vite ! Et puis, il vieillissait, il était temps pour lui de laisser le trône à son héritier. Thésée lui promit de revenir très vite à Athènes pour prendre sa succession. Pour l'heure, il se prépara à embarquer. Au moment de partir, il s'efforça encore de consoler son père par ces mots rassurants :

– Au départ, puisque la cité est en deuil, nous avons hissé de tristes voiles noires. Si je rentre sain et sauf, tu verras les voiles blanches de la victoire.

Il n'osait pas préciser que si les noires restaient, c'est qu'il aurait péri...

III

CAP SUR LE MINOTAURE

SUR ces paroles d'espoir, Thésée prit le large vers la Crète. La traversée fut lugubre car les jeunes victimes avaient entendu parler du Minotaure. L'une d'entre elles répondit à Thésée qui s'informait :

– Nous sommes tous destinés à ce monstre. Né des amours condamnables de la reine Pasiphaé avec un taureau, cet être hybride, mi-homme, mi-bête, est devenu la honte du palais de Cnossos. Pour l'isoler, Minos a demandé à Dédale, le plus grand

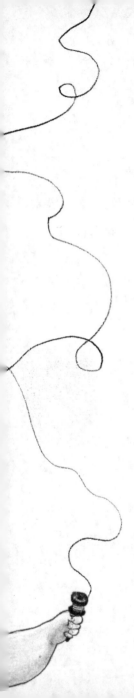

des architectes, un Athénien lui aussi, de construire un labyrinthe. Il y tient enfermé le monstre et lui livre en pâture nos jeunes corps. Personne n'en est jamais revenu !

Quand ils débarquèrent, Thésée tenta de rassurer les passagers dont le visage affichait une terreur croissante.

La fille du roi, Ariane, l'aperçut au milieu des jeunes gens accablés et remarqua sa stature exceptionnelle. Il semblait être le seul à refuser la mort. Sa détermination et sa bravoure lui plurent, aussi décida-t-elle de l'aider dans son combat contre le Minotaure. Avant qu'ils ne pénètrent dans le labyrinthe, elle lui glissa quelques mots :

– Si tu veux ressortir du piège, prends cette bobine de fil blanc. Je garde moi-même l'autre extrémité. Tu n'auras qu'à la dévider au cours de ta marche et suivre le fil au retour. Que les dieux te protègent !

Une chose était d'affronter le Minotaure, une autre de sortir de ce lieu aux mille détours ! Pour remercier la jeune fille, Thésée promit de l'emmener avec lui et de l'épouser. Elle n'en espérait pas moins.

Les portes se refermèrent sur les jeunes gens, puis un lourd silence suivit. À voix basse, Thésée commanda à chacun de se tenir près de la sortie, tandis qu'il irait régler son sort au monstre. Son optimisme rassura quelque peu les malheureux qui lui souhaitèrent bonne chance.

En prenant soin de dérouler le fil de soie derrière lui, il s'enfonça dans les couloirs. À l'autre extrémité, Ariane suivait sa progression et restait attentive au moindre tressaillement. Le fil, soudain, s'agita. Ça y est ! Thésée était face au Minotaure. La bête énorme chargea, mais le héros agile échappa d'un bond à ce premier assaut. Il réussit à lui arracher une corne au passage ! Quand elle fit demi-tour, Thésée s'élança pour lui planter la corne en plein front. La bête essaya d'esquiver le coup : la corne se ficha

dans son flanc et lui fit perdre beaucoup de sang. Le monstre s'éteignit alors doucement.

Grâce au stratagème d'Ariane, Thésée put retrouver son chemin facilement. Sans attendre la réaction de Minos, il quitta l'île en compagnie de celle qui les avait sauvés, lui et cette belle jeunesse athénienne qui s'empressa de fêter la fin du cauchemar. Au retour, la traversée fut joyeuse. On célébrait la victoire de Thésée et on le félicitait de ses noces prochaines avec Ariane.

Cependant, à Cnossos, la nouvelle de la mort du Minotaure s'était répandue et était parvenue aux oreilles du roi. Furieux que le labyrinthe ait laissé échapper les Athéniens, Minos y enferma l'architecte Dédale avec son fils Icare.

IV

LES HOMMES DE L'AIR

Dans sa prison, Dédale continuait à travailler. Cependant, lassé de ce séjour forcé en Crète et voulant revoir Athènes, il fit part de ses intentions à son fils :

– Minos peut bien nous fermer les chemins de la terre et des flots, la route des cieux nous reste ouverte. C'est celle que nous prendrons. Il a beau être maître de tout, Minos n'est pas maître de l'air !

Il se mit alors à inventer un art nouveau qui allait ouvrir à l'homme des routes encore jamais expérimentées. Il disposa sur une ligne des plumes en ordre régulier, en alternant des courtes et des longues. Il les fixa entre elles avec de la cire, puis les incurva légèrement pour imiter les ailes des oiseaux. Le jeune Icare secondait maladroitement son père dans ce délicat assemblage. Deux paires d'ailes sortirent des mains de l'artisan. Ils s'en munirent les épaules. Miracle ! Il suffisait de les agiter pour rester suspendu.

Le jeune Icare fut grisé par cette sensation

nouvelle. Avant de s'envoler le premier, Dédale embrassa son fils et lui donna les dernières recommandations :

– Je te conseille de te tenir à mi-distance de l'Océan, de crainte que l'air humide n'alourdisse tes ailes. Mais ne va pas trop haut non plus, car tu serais brûlé par les feux du soleil. Vole entre les deux et prends-moi pour guide.

La Crète était déjà loin derrière eux, quand l'enfant voulut prendre un peu de liberté. Il

abandonna son guide et s'envola plus haut, encore plus haut, vers le soleil brûlant. La chaleur ne tarda pas à amollir la cire qui retenait les plumes. Sans attaches, elles se séparèrent et se dispersèrent au gré des courants chauds. L'enfant agita ses bras nus... mais le malheureux n'avait plus d'appui sur l'air ! Son pauvre corps chuta lourdement à travers les airs et disparut dans les profondeurs de la mer. Il avait eu à peine le temps de crier le nom de son père. Dédale se retourna trop tard. Tout en bas, il vit les flots sombres percés d'une tache d'écume. Il maudit son invention et la fit disparaître dès son arrivée à Athènes.

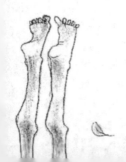

V

UN OUBLI FATAL

LA ville en émoi attendait le retour de Thésée. Ce dernier s'était arrêté dans l'île de Naxos pour que l'équipage se repose. Jusque-là, il avait filé le parfait amour avec Ariane, mais il semblait désormais pris de remords. Peut-être lui avait-il promis trop vite de l'épouser ? Il voulut revenir sur cet engagement mais n'eut pas le courage de l'annoncer à la jeune femme. Un après-midi, alors qu'elle était assoupie sur le rivage, il embarqua sur le navire et quitta l'île en abandonnant sa promise. À son réveil, l'infortunée se retrouva seule. Elle maudit le parjure[1] et pleura toutes les larmes de son corps. Dionysos, qui passait par là, vit la jeune femme si attristée qu'il en fut vivement ému et lui proposa sur-le-champ de l'épouser. Ariane venait de perdre un héros, mais elle avait trouvé un dieu !

Elle avait trouvé un dieu !

Thésée, de son côté, était si heureux de rentrer à Athènes et de retrouver son vieux père qu'il oublia vite cet incident. Mais la joie du retour lui fit commettre un autre oubli, plus tragique : les voiles noires restèrent hissées en haut du mât. Quand Égée aperçut au loin ce signal funeste, il se jeta de désespoir dans la mer. Son fils ne le revit jamais. Il le pleura longtemps et donna à cette partie de l'océan le nom de mer Égée.

En l'honneur de ce père qu'il avait à peine connu, Thésée célébra des funérailles excep-

---

1. Parjure, *n. m.* : faux serment, violation de serment ou, comme ici, celui qui trahit sa promesse.

tionnelles. Devenu roi d'Athènes, il y régna longtemps avec sagesse. Plusieurs épreuves l'appelèrent encore au-dehors, mais il en revint à chaque fois victorieux, à la grande joie de son peuple.

*De son épée,
Œdipe tua
l'agresseur.*

ŒDIPE
LE THÉBAIN

5

I

DES HOMMES NÉS DE LA TERRE

L'ANTIQUE cité de Thèbes eut pour fondateur Cadmos, fils d'Agénor, le roi de Tyr, en Phénicie. Sa sœur Europe avait disparu sans laisser de traces. On prétendait qu'un taureau blanc l'avait enlevée alors qu'elle jouait avec ses compagnes sur le rivage ! Agénor n'en voulut rien savoir et envoya son fils à sa recherche en le menaçant d'exil s'il ne la retrouvait pas.

Le voilà donc parti sur les routes avec de fidèles compagnons. Il parcourut le monde, interrogea les habitants de différentes contrées.

En vain : personne ne put l'aider !

Il désespérait de réussir et redoutait la colère paternelle. Aussi décida-t-il de ne pas rentrer, même s'il devait vivre à jamais en exil. Mais maintenant où aller, où trouver refuge ?

Il alla poser la question au dieu de Delphes :

– Au sortir du sanctuaire, lui dit Apollon, tu verras une vache. Suis la route où elle te guidera. Dans les champs où elle s'arrêtera, jette les fondations d'une cité et donne-lui le nom de Thèbes.

Cadmos remercia le dieu et suivit les instructions... et la vache, par la même occasion ! Il traversa ainsi une rivière, puis des prés d'herbe tendre, quand, enfin, un matin, la vache s'arrêta pour se reposer. C'était donc là l'emplacement d'une nouvelle cité !

Cadmos voulut tout d'abord offrir l'animal en sacrifice aux dieux.

Où aller, où trouver un refuge ?

Comme il avait besoin d'eau pure pour les libations[1], il envoya ses compagnons en puiser dans une source vive de la forêt voisine. Pendant ce temps, il rassembla de larges pierres pour construire un autel sur lequel il amassa le bois nécessaire au feu sacrificiel. Il fallait respecter les rites si l'on voulait que la cité naisse sous de bons auspices[2] !

Le soleil était désormais haut dans le ciel et aucun de ses compagnons n'était de retour. Cadmos se demandait avec inquiétude ce qui avait bien pu les retarder. Il partit alors à leur recherche.

Avec sa lance pour toute arme et une peau de lion en guise de cuirasse, il entra dans le bois. La source ne fut pas longue à trouver. Mais là... un horrible spectacle l'attendait ! Un serpent gigantesque achevait de dévorer

Un horrible spectacle l'attendait !

---

1. Libation, *n. f.* : offrande faite aux dieux d'un liquide (eau, vin, huile).
2. Auspices, *n. m.* : présage favorable ou défavorable. « Sous de bons auspices » signifie ici sous la protection des dieux.

ses chers compagnons. Cadmos n'hésita pas. Il fondit sur le monstre, la lance en avant. Sa tristesse submergeait sa terreur et il n'avait qu'une idée en tête : venger les disparus ou partager leur sort ! Le fer pénétra dans la peau écailleuse et des flots de sang noir en jaillirent. Mais la bête n'était que légèrement blessée. Sous les secousses, la pointe ressortit. Le monstre furieux chercha à atteindre le héros qui lui échappa de justesse.

Repartant à l'assaut, il frappa l'animal et l'obligea à reculer. Soudain, la branche d'un chêne qu'il venait de heurter lui transperça la gorge. Touchée à mort, la bête immonde s'écroula.

Tandis que le vainqueur contemplait son adversaire et pleurait la perte de ses amis, la déesse Athéna lui apparut :

– Recueille les dents du dragon, lui dit-elle. Sème-les et tu verras naître une armée de soldats. Parmi eux tu trouveras de nouveaux compagnons.

Il obéit et accomplit cet étrange labour.

À peine avait-il enfoui les dents dans la terre que les mottes se soulevèrent. Là, c'était un casque, ici, la pointe d'une lance, des épaules, des bras, et enfin toute une moisson de guerriers qui poussaient entre les sillons fraîchement creusés ! Cadmos tira précipitamment son épée quand soudain, sous ses yeux, les soldats se mirent à se battre entre eux. L'un après l'autre, ils tombèrent sous les coups. Cinq d'entre eux,

cependant, sortirent sains et saufs du combat et se déclarèrent la paix. C'est avec leur aide que Cadmos fonda la ville de Thèbes.

En quelques années, elle devint florissante, et la famille royale prospéra avec elle. Cadmos épousa Harmonie, qui lui donna quatre filles. L'une d'entre elles, Sémélé, conçut Dionysos. Une autre, Agavé, donna le jour à Penthée, le malheureux roi de Thèbes qui refusa d'accueillir Dionysos et son cortège de Bacchantes ! Chacun se souvient de sa sinistre fin, déchiré par sa propre mère, sur la montagne du Cithéron. La vengeance du dieu avait été cruelle.

Les générations suivantes prirent garde de ne pas réveiller la colère divine. Mais un destin tragique menaçait à nouveau la ville.

II

LES MALHEURS D'ŒDIPE

U N oracle avait prédit au roi Laïos qu'il mourrait des mains de son fils. Dès que sa femme Jocaste accoucha d'un garçon, il le remit à un berger pour qu'il l'expose aux bêtes sauvages sur le mont Cithéron. L'homme partit donc avec le bébé dont on avait lié les pieds avec de grosses cordes, mais il n'eut pas le courage de l'abandonner. Arrivé dans la montagne, il se rendit chez un autre berger et le lui confia. Ce dernier l'apporta au roi de Corinthe, Polybe, qui accepta avec joie ce fils providentiel[1]. À cause de ses pauvres chevilles mutilées par les liens, le bébé fut appelé Œdipe : ce nom signifiait « pieds enflés ».

Il grandit à la cour de Corinthe, chéri par le roi Polybe et son épouse, la reine Mérope, qui le considéraient comme leur propre fils. Œdipe rendait bien à ses parents cette tendre affection. Cependant, à son adolescence, une rumeur vint troubler ce bonheur harmonieux. On prétendait qu'il n'était pas le fils du roi, mais un enfant trouvé ! De fréquentes railleries l'attristèrent, puis l'inquiétèrent. Le roi avait beau lui assurer qu'il était bien son fils, Œdipe voulut connaître la vérité sur sa naissance. Quand il eut l'âge de quitter le palais, le jeune homme partit pour Delphes.

L'oracle lui révéla alors un terrible destin :

– Tu tueras ton père, lui dit-il, et tu épouseras ta mère.

---

1. Providentiel, *adj.* : qui arrive par un heureux hasard.

Œdipe s'enfuit, horrifié, sur les routes sans même repasser à Corinthe, tant il craignait de commettre l'odieux crime contre Polybe et Mérope qu'il croyait être ses parents.

Il chevauchait vers Thèbes, quand, à la croisée de trois routes, il vit arriver un char qui prenait la même direction que lui. À cet endroit, la chaussée était plus étroite et il fallait céder le passage. Un cavalier commanda à Œdipe de s'écarter. Il refusa et le gratifia en plus d'un coup de fouet. Aussitôt le passager du char, un vénérable vieillard, lui donna un coup de bâton. La réponse ne se fit pas attendre. De son épée, Œdipe tua l'agresseur.

Il reprit son chemin ignorant qu'il venait d'ôter la vie au roi de Thèbes, Laïos... son propre père !

Arrivé devant la haute muraille, il trouva les sept portes de la cité fermées. Impossible d'entrer dans la ville ! Un monstre faisait régner la terreur, refusant le passage aux étrangers qui ne pouvaient résoudre son énigme. Si on échouait, c'était la mort assurée ! Les malheureux candidats étaient précipités du haut des rochers...

Ce redoutable portier avait une tête de femme qui se rattachait à un corps de lion et ses pattes se terminaient par des serres crochues. On l'appelait le Sphinx. Il demanda à Œdipe, qui s'était avancé :

– Qui marche le matin sur quatre pattes, le midi, sur deux, et le soir sur trois ?

Œdipe n'hésita pas longtemps :

– Tu veux parler de l'homme : au matin de sa vie, encore bébé, il se traîne à quatre pattes ; à l'âge mûr, il se tient sur ses deux jambes ; enfin, quand ses forces déclinent, il s'aide d'une canne.

Furieux d'être vaincu, le Sphinx se précipita au bas des rochers et périt comme ses victimes.

Œdipe fut accueilli en sauveur. Entre-temps, les citoyens avaient appris la mort de

leur roi et la nouvelle était parvenue jusqu'à la reine Jocaste, désormais veuve. Aussi, quand on décida de remettre le trône à Œdipe, il la prit pour épouse.

Les premières années de son règne furent heureuses. Son épouse lui donna deux fils, Étéocle et Polynice, et deux filles, Ismène et Antigone. Malheureusement, un nouveau fléau mit fin à ce bonheur !

La mort frappa les animaux et les hommes. Des enfants monstrueux naissaient et mouraient dans l'heure. La peste ravageait la ville, tuant tout ce qui voyait le jour. La population supplia son roi de la délivrer du malheur.

Œdipe avait devancé ses prières et envoyé Créon, le frère de Jocaste, consulter l'oracle de Delphes. De retour au palais, il rapporta les paroles du dieu : « Ta ville est souillée, Œdipe. Il faut chasser le coupable et faire payer le meurtre ! » Le roi ne comprit pas tout de suite de quelle faute il s'agissait. Créon lui raconta cette vieille affaire dans laquelle Laïos, le roi de Thèbes, avait trouvé la mort. Les circonstances étaient mal connues : on racontait que le roi avait été attaqué par des brigands... Selon l'oracle, le coupable serait alors tout proche ?

Œdipe mit tout en œuvre pour le retrouver : « À quiconque parmi vous, dit-il aux citoyens rassemblés sur la place publique, sait sous le bras de qui est tombé Laïos, j'ordonne de me révéler tout ! Quel que soit le coupable, j'interdis qu'on le reçoive et qu'on lui parle ! Je veux que chacun le jette hors de sa maison, comme la souillure de notre cité... » Le pauvre ignorait qu'il prononçait son propre arrêt !

Tirésias, le devin aveugle qui connaissait la vérité, lui fut amené. Mais le vieillard refusa de révéler ce qu'il savait. « Comment ? s'écria Œdipe irrité, tu sais et tu ne veux rien dire ? » Le devin s'entêta, le

*Il le
chassa
du palais.*

roi s'emporta et, dans sa fureur, il accusa même Tirésias d'être l'assassin !

– Eh bien, soit ! déclara le vieil homme injustement calomnié. Apprends donc que c'est toi, c'est toi, le criminel qui souille ce pays !

– Quoi ? Maudit devin ! cria Œdipe, fou de rage. Tu oses m'incriminer ? Tu as de la chance d'avoir des cheveux blancs, sinon je te jetterais en prison pour t'apprendre à parler ainsi à ton roi.

Et, sans égards pour le vieillard, il le chassa du palais.

Ces révélations avaient néanmoins jeté le trouble dans son esprit. Tout lui devint suspect. Et Créon, le premier, qu'il soupçonnait de vouloir prendre le pouvoir. Tirésias était sûrement son complice et ils avaient tous les deux inventé cette histoire pour l'expulser de Thèbes ! Il le chassa lui aussi. Seule Jocaste, son épouse, gardait encore sa confiance. Pour calmer sa colère et le rassurer, elle lui raconta l'oracle qui avait prédit que Laïos périrait de la main de son fils.

– Malgré les précautions, ajouta-t-elle, mon époux a fini assassiné. Pas par son fils qui, tout petit, a été abandonné aux bêtes sauvages, mais par des brigands, à la croisée de trois routes…

Le carrefour des trois routes…! Des images revenaient à la mémoire d'Œdipe.

– Ah ! que dis-tu là ? Quand exactement et dans quel pays est mort Laïos ? Quel âge avait-il ? Quelle était son allure ?

Pressée par ces questions, Jocaste néanmoins répondit calmement, tandis qu'Œdipe pâlissait. Il revoyait parfaitement les traits du vieillard qu'il avait jadis frappé sur la route de Thèbes, mais il refusait cette idée : non, non, Laïos n'était pas son père, il était le fils de Polybe !

Sur ce, un messager arriva de Corinthe pour lui annoncer la mort du roi Polybe. Cette nouvelle libéra Œdipe d'un grand

poids. L'oracle qu'il avait jadis entendu ne se réaliserait donc pas : son père était mort de vieillesse et non par sa main ! Mais il restait sa mère ! Voyant les craintes du roi, le messager intervint à nouveau :

– Tu n'as aucune raison de t'inquiéter car tu n'es que le fils adoptif du roi et de la reine de Corinthe. Cet oracle ne les concerne pas.

Le pauvre homme croyait bien faire en disant cela, mais pour Œdipe, le coup fut fatal ! Son origine lui fut révélée par le vieux berger qui l'avait sauvé quand il était petit. Cet enfant que Laïos avait souhaité voir disparaître, c'était… lui, Œdipe, aux pieds enflés !

Ainsi, l'oracle s'était réalisé ! Il avait tué son père et – crime encore plus abominable – il avait conçu quatre enfants avec sa mère ! L'infortunée Jocaste ne put supporter cette nouvelle : elle courut s'enfermer dans sa chambre pour se donner la mort. Œdipe la suivit. Mais il arriva trop tard : la reine s'était pendue !

Fou de douleur, Œdipe arracha deux broches à sa robe : il s'en frappa violemment les yeux, le sang inondait son visage et se mêlait à ses pleurs. « Mes yeux ne verront plus le mal que j'ai subi ni celui que j'ai causé ! » Ce fut un aveugle pitoyable qui sortit du palais sous le regard terrifié du peuple.

Dès lors, sa vie fut bien misérable. Œdipe voulut quitter au plus vite cette ville et mourir sur une terre étrangère. Il partit, vêtu comme un mendiant, accompagné par sa fille Antigone. Ils cheminèrent longtemps sans trouver de refuge. Son histoire effrayait tous ceux qui le voyaient passer. Un seul homme lui accorda son hospitalité et sa protection : ce fut Thésée, roi d'Athènes. Œdipe s'était réfugié dans le bois sacré de Colone, aux abords de sa cité et l'accueil favorable de Thésée le délivra de sa malédiction. Pour le remercier, Œdipe bénit la cité d'Athènes, son roi et ses citoyens. Comme il savait que sa fin était proche, il se retira sous les oliviers sacrés.

Antigone raconta par la suite le miracle qui s'était alors produit. Tandis qu'ils priaient tous, le sol s'était mis à trembler. Un grondement sourd avait retenti sous leurs pieds. Soudain, un éclair avait enflammé le ciel et la terre s'était ouverte. Puis, une fois le silence revenu, Œdipe avait disparu, parti chez les morts. Malgré sa peine, la jeune fille était heureuse que son père ait obtenu le pardon des dieux. Comme elle n'avait plus rien à faire dans ce pays, elle reprit la route de Thèbes, où d'autres malheurs hélas l'attendaient.

III

LES SEPT CONTRE THÈBES

ANTIGONE

THÈBES était déchirée par une guerre civile. Après le départ d'Œdipe, ses fils n'étaient pas parvenus à s'entendre pour se partager le trône. D'abord, ils avaient décidé de gouverner à tour de rôle. Mais au bout d'une année de règne, Étéocle n'avait pas voulu céder la place à son frère Polynice. Ce dernier, réfugié à Argos, était bien décidé à revenir à la tête d'une armée pour prendre le pouvoir, par la force s'il le fallait ! Il s'allia à six autres chefs et partit à la conquête de sa propre cité.

La haute muraille de Thèbes était percée de sept portes monumentales. Les sept chefs menèrent l'assaut devant chacune d'entre elles. Polynice se chargea de celle que son frère défendait. Les Thébains résistèrent au siège et finirent par repousser leur agresseur, mais, au cours des combats, les deux frères s'affrontèrent à l'épée et s'entre-tuèrent. Le peuple ne savait plus s'il devait fêter la fin de la guerre ou pleurer la mort du roi. Comme la cité se retrouvait à nouveau sans chef, Créon s'empara du pouvoir.

Le nouveau roi commença par prendre une mesure terrible pour le vaincu. Devant le conseil des Anciens, il annonça :

– Étéocle a péri en défendant sa ville. Il sera donc enseveli dans un tombeau et célébré comme un héros. Pour son frère, c'est très différent : il a osé mettre à feu et à sang la cité de ses ancêtres ! Son cadavre sera abandonné aux charognards et j'ordonne qu'on punisse celui qui me désobéira !

Antigone refusa de se soumettre à cette loi injuste. Polynice devait être enterré, comme Étéocle ! Sinon, il ne pourrait pas rejoindre les autres morts de la famille au séjour des ombres. En cachette, elle se glissa hors des murs de la cité. Elle profita d'un moment d'inattention des gardiens pour recouvrir de terre le corps de son frère. Créon, furieux, menaça le garde et lui commanda de surveiller plus attentivement les alentours.

Comme on avait retiré la terre, la jeune fille revint, mais cette fois elle fut prise sur le fait et emmenée devant le roi :

– Tu reconnais, lui demanda-t-il, avoir enfreint l'interdiction d'enterrer Polynice ? Sais-tu à quoi tu t'es exposée ?

Antigone ne se laissa pas impressionner. Elle lui répondit fièrement :

– Je sais qu'à tes yeux j'ai commis un crime et j'en accepte le prix, même si je dois en mourir. Mais pour les morts, vois-tu, c'est un bienfait que j'ai accompli ! Je me moque de ta loi !

Bafoué dans son autorité, Créon voulut punir cette audace : il condamna la jeune fille à être emmurée vivante. Rien ne put le fléchir, pas même les injonctions de son fils Hémon, qui était fiancé à Antigone. Plus on cherchait à lui faire entendre raison, plus il se montrait intraitable.

Le devin Tirésias vint cependant à bout de sa fermeté. Il le mit en garde contre la colère des dieux : Créon allait trop loin cette fois. Le roi accepta alors de revenir sur sa décision. Trop tard !

Quand il se rendit auprès d'Antigone, il la découvrit pendue. Son fils, qui l'avait trouvée avant lui, se donna la mort sous ses yeux. Le roi étreignit de toutes ses forces le cadavre de son enfant et regagna le palais en le portant dans ses bras. Il pleurait à chaudes larmes en se maudissant. Une triste nouvelle l'attendait : son épouse Eurydice, en apprenant la mort d'Hémon, s'était suicidée à son tour. Ce dernier coup du sort acheva d'accabler Créon.

La famille d'Œdipe n'était pas la seule à subir les pires malheurs. Thèbes entière était frappée par une malédiction, dont il fut la dernière victime.

LES LÉGENDES DIVINES

LES HÉROS

Table des matières

Claude Pouzadoux

est née en 1965 à Saint-Mandé,

près du bois de Vincennes.

Après des études de grec et de latin,

elle entre à l'École normale supérieure.

Aujourd'hui elle enseigne le grec

à l'université de Nanterre.

Elle s'intéresse beaucoup au théâtre

et, avec des amis, elle a fondé un atelier

de théâtre pour mettre en scène des pièces

adaptées de textes de l'Antiquité,

comme *Les Bacchantes* d'Euripide ou

L'Assemblée des femmes d'Aristophane,

mise en scène comme une comédie

musicale des années 70...

Frédérick Mansot

INFLUENCES
Les cow-boys de pépé
et le cirque de papa.
Des crayons, du papier,
des bouquins *et cætera.*

AMOURS
Une image d'ombre et de lumière,
qui éveille à la tendresse ou contraste avec humour.

PARCOURS
Émile Cohl aux chemins buissonniers
fut l'école qui m'apprit le métier.
J'ai depuis dessiné, dessiné,
sans jamais regretter ces années.

DANS LA MÊME COLLECTION

Contes et Légendes - Les Héros de la mythologie, Christian Grenier.

Contes et Légendes - La naissance de Rome, François Sautereau.

Contes et Légendes - Les Héros de la Rome antique, Jean-Pierre Andrevon.

Contes et Légendes - Les Métamorphoses d'Ovide, Laurence Gillot.

Contes et Légendes - La Mythologie grecque, Claude Pouzadoux.

Contes et Légendes - Les Héros de la Grèce antique, Christian Grenier.

Contes et Légendes - L'Iliade, Jean Martin.

Contes et Légendes - L'Odyssée, Jean Martin.

Contes et Légendes - Les douze travaux d'Hercule, Christian Grenier.

Contes et Légendes - L'Égypte ancienne, Brigitte Évano.

Contes et Légendes du temps des pyramides, Christian Jacq.

Contes et Légendes de la mythologie celtique, Christian Léourier.

Contes et Légendes des Jeux d'Olympie, Brigitte Évano.

Contes et Récits des Jeux olympiques, Gilles Massardier.

Contes et Légendes - Les Vikings, Lars Haraldson.

Contes et Légendes - Les chevaliers de la Table ronde, Jacqueline Mirande.

Contes et Légendes - Le Moyen Âge, Jacqueline Mirande.

Contes et Légendes - Les héros du Moyen Âge, Gilles Massardier.

Contes et Récits - Les grandes énigmes de l'Histoire, Gilles Massardier.

Histoires et Récits de la Résistance, Christian Léourier.

Contes et Légendes - Paris, Stéphane Descornes.

Contes et Récits de la conquête de l'Ouest, Christophe Lambert.

Contes et Légendes - L'Afrique d'ouest en est, Yves Pinguilly.

Contes et Légendes - La Corne de l'Afrique, Yves Pinguilly.

Contes et Légendes d'Arménie, Reine Cioulachtjian.

Contes et Légendes - Légendes de Bretagne, Yves Pinguilly.

Contes et Légendes de Provence, Jean-Marie Barnaud.

Contes et Légendes - Fées et princesses, Gudule.

Contes et Légendes des lieux mystérieux, Christophe Lambert.

N° d'éditeur : 10216555
Dépôt légal : juillet 2010
Achevé d'imprimer en mai 2015

CONTES ET LÉGENDES

DE LA

MYTHOLOGIE GRECQUE

Centaure / Picasso

Léda et le cygne / Louis Icart. v. 1930

L'IMAGINAIRE DES MYTHES

UN MONDE À PART

Dès l'enfance, les jeunes Grecs entendaient conter dans leur famille les légendes de la mythologie. Ces histoires évoquaient un monde sacré, très différent de celui dans lequel ils vivaient. Ce monde plein d'aventures merveilleuses était situé dans un passé mythique. Les dieux y étaient encore proches des hommes puisqu'il leur arrivait de s'unir aux mortelles, et les héros affrontaient seuls des monstres et des bêtes féroces.

MYTHE ET RÉALITÉ

La nature entière, chez les anciens Grecs, était en relation avec les puissances divines. Les fleuves, les forêts étaient habités par des nymphes que les hommes respectaient à l'égal des dieux. Les orages, les éclairs et le tonnerre étaient interprétés comme des signes de la colère de Zeus.

Le géant Atlas / Gravure du XVIIᵉ s

Chaque divinité avait ses attributs et ses fonctions.

Toutes les activités humaines étaient représentées par un dieu ou une déesse. Voici comment se présentait cette société divine, que l'on appelle aussi Panthéon :

DIEUX ET DÉESSES	ATTRIBUTS	DOMAINES D'INFLUENCE
◆ Zeus	foudre	le ciel, la justice
◆ Poséidon	trident	la mer
◆ Hadès	casque	le monde souterrain
◆ Apollon	lyre, laurier, arc, cygne	la poésie, la musique
◆ Arès	armes	la guerre
◆ Héphaïstos	marteau	le travail des métaux
◆ Hermès	caducée, pieds ailés	les messages, les ruses
◆ Dionysos	thyrse	le théâtre, le vin
◆ Héra	paon	le mariage
◆ Aphrodite	miroir	l'amour
◆ Athéna	armes, égide	les arts et techniques, la guerre
◆ Artémis	arc, biche	la chasse, les accouchements
◆ Déméter	épi de blé	l'agriculture

5

La Naissance de Vénus / Cabanal

Malgré leur caractère fabuleux, les légendes n'étaient cependant pas sans rapport avec l'histoire. Derrière le mythe se cachaient des événements liés à la création du monde et à l'organisation des premiers hommes. Pour représenter ce qu'ils ne pouvaient pas connaître - parce que c'était une époque trop lointaine ou que l'on touchait au domaine sacré des dieux - les conteurs imaginèrent ces mythes qui donnaient une vision poétique des premiers temps de l'humanité.

Les héros, par exemple, étaient souvent considérés comme les ancêtres d'un peuple ou d'une famille qui se glorifiaient de leurs origines héroïques. Plusieurs cités avaient leur héros fondateur : pour les Thébains, c'était Cadmos, et, pour les Athéniens, Thésée, qui avait donné à Athènes ses premières institutions politiques. Tout en croyant à l'existence des héros, les anciens Grecs pensaient aussi que ces aventures mythiques servaient

Héraklès et l'hydre de Lerne / Gravure du XVIᵉ s

6

à embellir certains épisodes de l'histoire des hommes : le combat d'Héraklès contre l'hydre de Lerne permettait aux habitants de la région de représenter par un mythe leur victoire sur les marais voisins. De même, l'expédition de Jason symbolisait les découvertes des premiers navigateurs.

DES EXEMPLES À MÉDITER

Tous ces mythes illustraient la puissance des dieux et des déesses sur les hommes.

Les récits des châtiments de Penthée par Dionysos, d'Actéon par Artémis, ou encore le supplice de Tantale étaient autant d'exemples des malheurs qui frappaient ceux qui ne se soumettaient pas aux lois des dieux.

Les héros étaient des modèles de force, de bravoure ou de sagesse, que les jeunes Grecs cherchaient à imiter. Les athlètes vainqueurs aux jeux Olympiques étaient considérés comme des héros : on leur reconnaissait presque des qualités divines.

Hercule (Héraklès) et le lion de Némée / Rubens.

LES DIEUX ET LES HOMMES

À l'égard de leurs dieux, les Grecs éprouvaient de la crainte et du respect. C'est pourquoi ils les honoraient en célébrant des sacrifices et des fêtes afin d'obtenir leur bienveillance et leur protection.

Procession religieuse précédar

LES SACRIFICES

Le déroulement du sacrifice était confié à un prêtre. On choisissait les bœufs ou les moutons les plus beaux du troupeau. Un cortège d'hommes et de femmes accompagnait la victime ornée de bandelettes jusqu'à l'autel où le prêtre sacrificateur l'aspergeait d'eau pure et de grains d'orge.

La bête réagissait en secouant la tête, ce qui signifiait, pour le sacrificateur, qu'elle était d'accord. Alors, le coup de couteau était donné, dans la gorge, la tête dirigée vers le ciel. Il fallait que le sang, en jaillissant vers le haut, arrose l'autel. Ensuite, on découpait l'animal en séparant soigneusement les chairs de la graisse et des os.

Ces gestes, rigoureusement

ifice / Bas-relief romain

répétés dans chaque sacrifice, symbolisaient un échange entre les dieux et les hommes : les premiers recevaient en offrande les fumées de la graisse et des os brûlés sur l'autel qui montaient tout droit au ciel. En remerciement, ils se montraient bienveillants pour les mortels qui, de leur côté, se partageaient les viandes cuites dans un repas de fête.

DES FÊTES TOUTE L'ANNÉE

O n accomplissait aussi des sacrifices lors des grandes fêtes religieuses qui rythmaient la vie des cités.

À Athènes, par exemple, on célébrait en été les Panathénées qui commémoraient la victoire des dieux sur les Géants. Un voile tissé pendant neuf mois par de jeunes Athéniennes était porté dans le temple de la déesse Athéna pour recouvrir sa statue. Un long cortège de jeunes gens à cheval, de jeunes filles et de prêtres montaient dès l'aube sur la colline de l'Acropole. Des jeux complétaient la cérémonie.

9

DES JEUX POUR TOUS

Des concours sportifs rassemblaient tous les Grecs à date fixe dans des sanctuaires. C'est dans celui d'Olympie que furent fondés, il y a plus de 2 500 ans, les premiers jeux Olympiques en l'honneur de Zeus et en hommage à Héraklès.

Deux athlètes luttant

Le Discobole de Miron

Pendant ces compétitions, on proclamait une trêve sacrée, qui mettait un terme provisoire aux guerres. Les spectateurs et les concurrents venaient des quatre coins de la Grèce pour admirer les nombreuses épreuves qui s'y déroulaient. Là, dans des gymnases ou sur le stade, les meilleurs athlètes de chaque cité se mesuraient pendant cinq jours à la course, à la lutte, au lancer de javelot, au saut en longueur ou encore à la course de char. Il existait aussi des épreuves spéciales pour les enfants, mais seulement pour les garçons. Les vainqueurs recevaient une couronne d'olivier, de l'huile d'olive, puis étaient invités à un grand banquet. Pour ceux qui avaient été trois fois vainqueurs à des jeux, on fabriquait une statue grandeur nature. Leur victoire les rendait célèbres dans toute la Méditerranée !

11

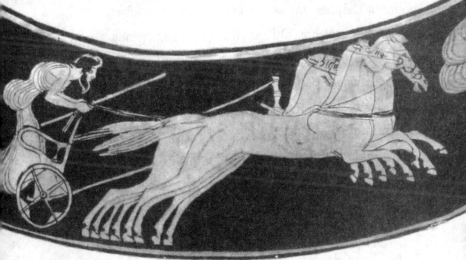

Course de chars

ORACLES ET DEVINS

Pour communiquer avec les hommes, les dieux leur parlaient en rêve ou se manifestaient par un oracle : un prophète exprimait alors la parole divine. La volonté des dieux apparaissait aussi à travers des signes, comme le vol des oiseaux, que des spécialistes, les devins, étaient chargés d'interpréter. C'est dans le sanctuaire d'Apollon à Delphes que se situait l'oracle le plus célèbre. On venait de toute la Grèce pour demander au dieu son avis sur une situation difficile, le choix d'un lieu pour fonder une cité, la stratégie à adopter dans une guerre, ou encore l'avenir d'un enfant à naître... Après s'être purifiés et avoir payé une taxe, les consultants accom-

plissaient les sacrifices d'usage et allaient trouver la prêtresse d'Apollon, la Pythie, dans le temple du dieu. Elle était assise sur un trépied juste au-dessus d'un trou dont sortait le souffle prophétique sous la forme de vapeurs. Au moment où elle les sentait monter en elle, la Pythie entrait en transe et répétait la réponse du dieu avec des mots souvent incompréhensibles qu'il fallait ensuite déchiffrer.

La Pythie de Delphes / gravure du XVIIIᵉ s

LES EXPRESSIONS COURANTES

Notre langue garde des traces de ces légendes dans des expressions proverbiales qui rappellent les qualités des dieux ou les héros.

Ce qui se rapporte aux dieux évoque en général la perfection et les plaisirs :

- on qualifie d'*olympien* un calme particulièrement serein ou de *nectar* une boisson que l'on trouve divine !

- une femme préfère s'entendre dire qu'elle a un port de *déesse* plutôt que d'être comparée à une *Harpye* ou à une *Furie*.

- *partir pour Cythère* ne signifie pas que l'on part en vacances, mais que l'on s'abandonne aux délices de l'amour.

Le temps des dieux ne rappelle malheureusement pas que de bons souvenirs :

- si un sujet de conversation se présente comme une *pomme de discorde*, ce n'est pas bon signe. Il faut espérer que la querelle n'aura pas les mêmes conséquences que celle qui

13

Pâris et la pomme de discorde

divisa les trois déesses, Héra, Athéna et Aphrodite, à cause de la fameuse pomme.

- on peut parler d'un *supplice de Tantale* quand on en a assez de ne pas pouvoir atteindre l'objet de ses désirs alors qu'on en est tout proche.

Certaines comparaisons ne font pas forcément plaisir à entendre :

- dire à un gardien peu aimable que c'est un *cerbère* ne risque pas de lui

Cerbère

tard qui prétendrait être sorti de la *cuisse de Jupiter* (le nom romain de Zeus) !

rendre le sourire. D'autres révèlent un fort sentiment de supériorité : il vaut mieux se méfier d'un van-

Les colonnes d'Hercule

Les qualités des héros subsistent, elles aussi, dans les adjectifs tirés de leurs noms.:

- on qualifie d'*herculéen* quiconque possède une force colossale en souvenir du nom romain d'Héraklès, Hercule.

- s'entendre être comparé à un Adonis ou à un Apollon suffit à ramener la bonne humeur.

Là encore, les souvenirs sont plus ou moins agréables.

- on parle du *fil d'Ariane* quand on cherche une solution qui permettrait de sortir d'une situation difficile... et quand elle est vraiment trop embrouillée, on dit que c'est un *dédale*. Cela n'avance pas à grand chose, mais on peut être fier quand on s'en est sorti.

Et il en existe encore beaucoup : il suffit d'ouvrir les dictionnaires !

Affiche de publicité : le vin Bravais est censé donner à celui qui le boit une force herculéenne.

IMAGES DE HÉROS AU CINÉMA

Les siècles nous ont transmis les épisodes mythologiques les plus célèbres, comme les exploits d'Héraklès. Au XXᵉ siècle, le cinéma a porté sur le grand écran les exploits de ce héros universel. La force du personnage a retenu l'attention des cinéastes qui ont fait d'Héraklès le héros de films dont l'histoire n'avait pas forcément beaucoup de rapport avec la mythologie traditionnelle. Il fallait faire appel à des acteurs musclés pour incarner ce héros à la stature d'athlète. Ce n'est donc pas un hasard si l'un des plus fameux champions de culturisme, Arnold Schwarzenegger, a débuté au cinéma dans le rôle d'Hercule... à New York !

On peut voir aussi un *Hercule à la conquête de l'Atlantide* (1961)

15

Affiche de film

de Vittorio Cottafavi, un *Hercule contre les Vampires* (1961) de Mario Bava... !

Sans être tout à fait fidèles à la mythologie antique, ces films ont essayé d'illustrer à travers ce personnage le modèle par excellence du héros à la force colossale auquel rien ne résiste.

Notre époque crée aussi ses héros invincibles qui luttent contre les forces du mal : un héros de bandes dessinées comme Batman en est un bon exemple.

Arnold Schwarzenegger dans *Hercule à New York*

CONTES ET LÉGENDES

La collection de la mémoire du monde

L'Iliade
Jean Martin

L'Odyssée
Jean Martin

**Les douze travaux
d'Hercule**
Christian Grenier

**La Mythologie
grecque**
Claude Pouzadoux

**Les Héros
de la mythologie**
Christian Grenier

**Les Héros
de la Grèce antique**
Christian Grenier

**Les Héros
de la Rome antique**
Jean-Pierre Andrevon

**La naissance
de Rome**
François Sautereau

**Jason et la conquête
de la Toison d'or**
Christian Grenier

**Les Métamorphoses
d'Ovide**
Laurence Gillot

**Les Sept Merveilles
du Monde**
Anne Pouget

**Les amoureux
légendaires**
Gudule